SCÉNARIO
GABY

DESSIN
DZACK

COULEURS
YOANN GUILLO

LES BLONDES

Tome 16

BLONDE ATTITUDE !

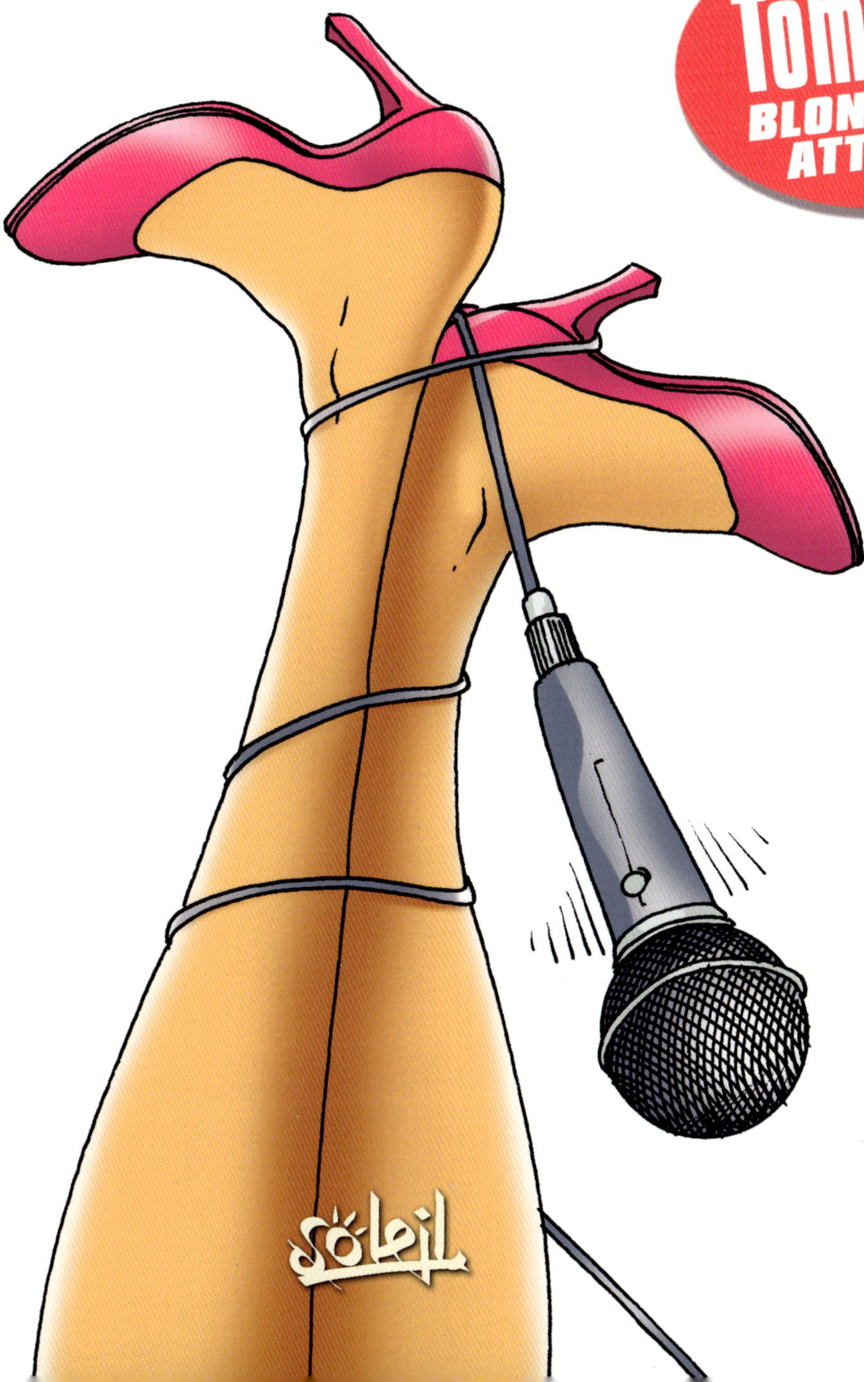

Soleil

CECI EST UNE PIPE

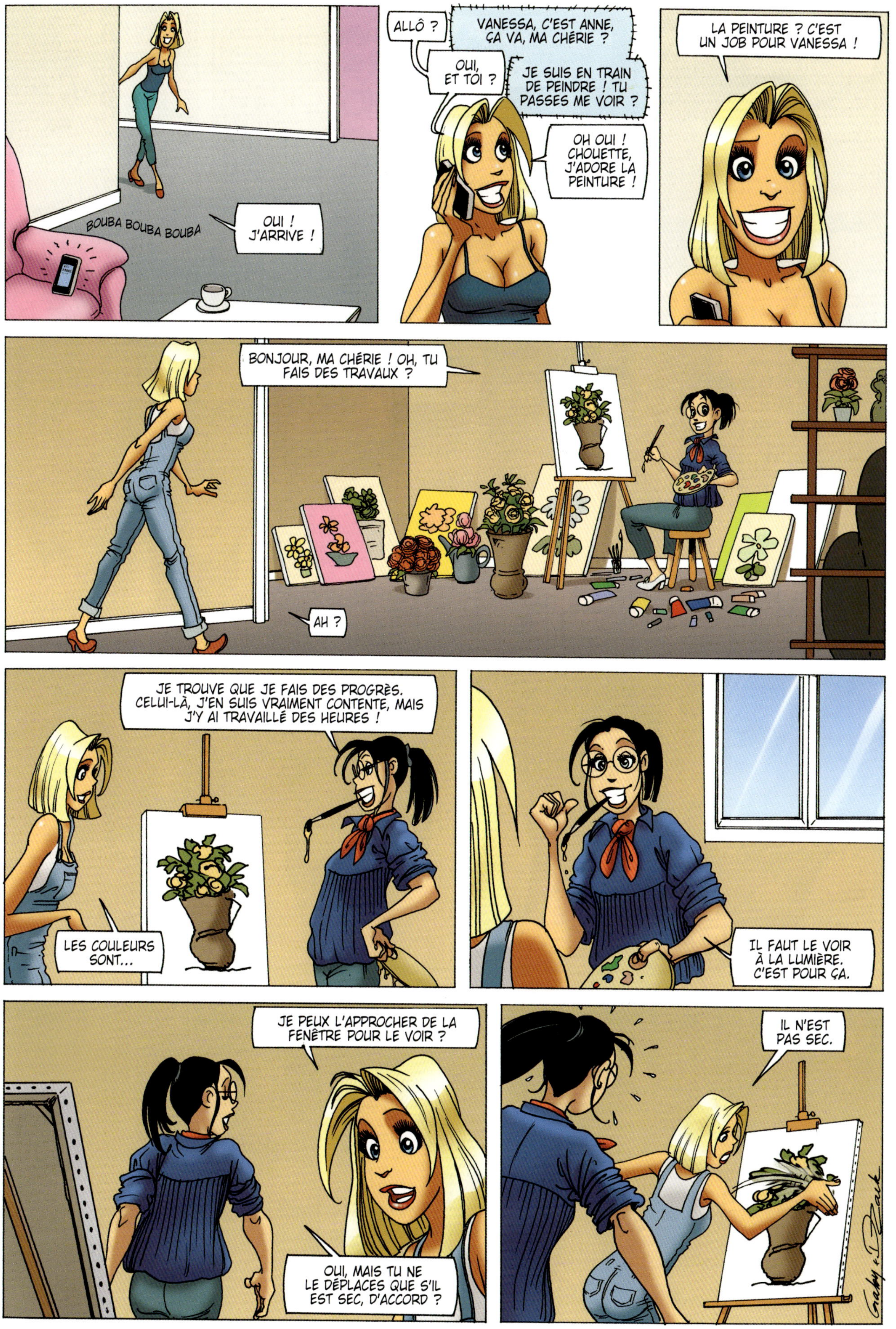
BOUBA BOUBA BOUBA
OUI ! J'ARRIVE !
ALLÔ ?
VANESSA, C'EST ANNE, ÇA VA, MA CHÉRIE ?
OUI, ET TOI ?
JE SUIS EN TRAIN DE PEINDRE ! TU PASSES ME VOIR ?
OH OUI ! CHOUETTE, J'ADORE LA PEINTURE !
LA PEINTURE ? C'EST UN JOB POUR VANESSA !
BONJOUR, MA CHÉRIE ! OH, TU FAIS DES TRAVAUX ?
AH ?
JE TROUVE QUE JE FAIS DES PROGRÈS. CELUI-LÀ, J'EN SUIS VRAIMENT CONTENTE, MAIS J'Y AI TRAVAILLÉ DES HEURES !
LES COULEURS SONT...
IL FAUT LE VOIR À LA LUMIÈRE. C'EST POUR ÇA.
JE PEUX L'APPROCHER DE LA FENÊTRE POUR LE VOIR ?
OUI, MAIS TU NE LE DÉPLACES QUE S'IL EST SEC, D'ACCORD ?
IL N'EST PAS SEC.

COCHON QUI S'EN DÉDIT

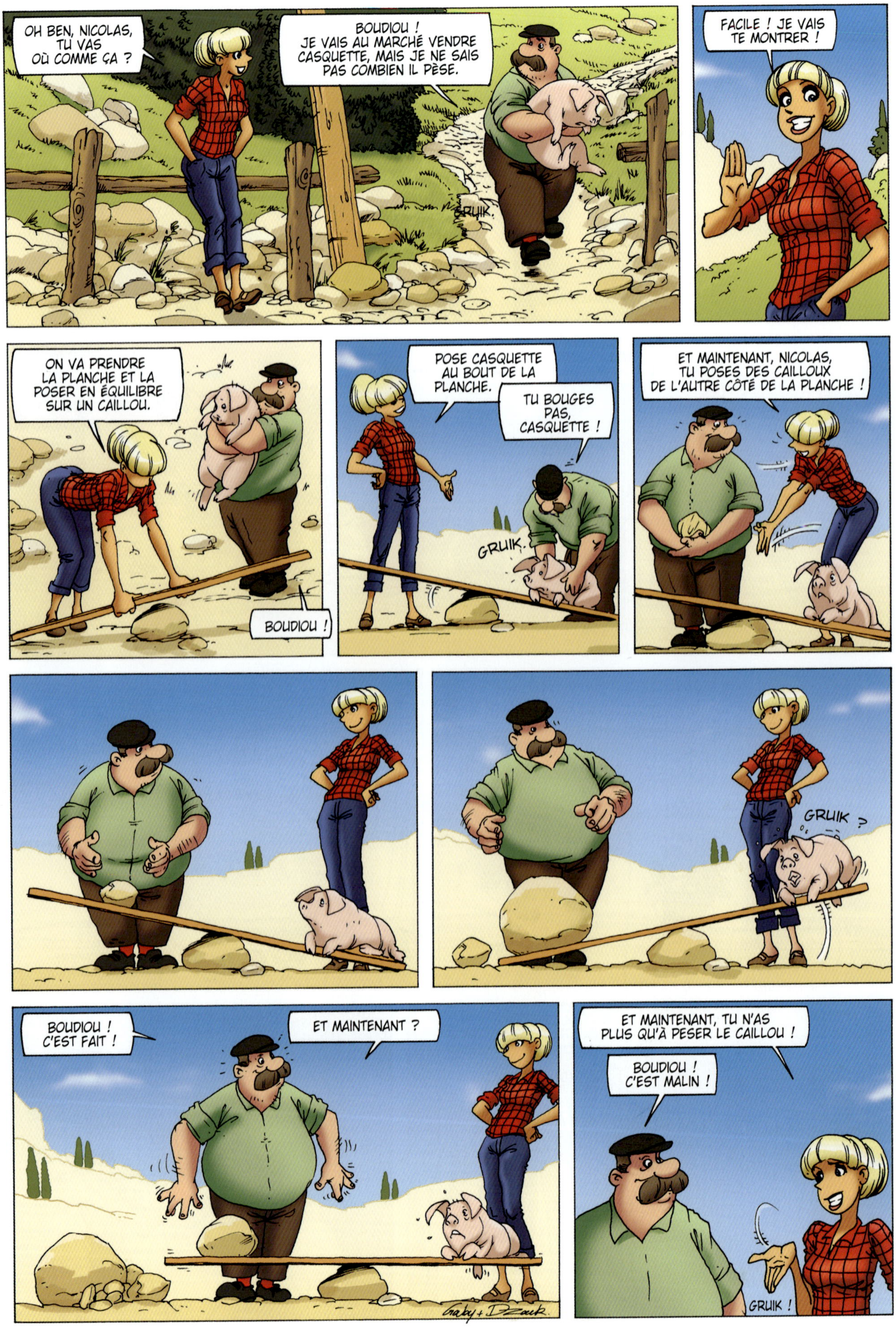
OH BEN, NICOLAS, TU VAS OÙ COMME ÇA ?
BOUDIOU ! JE VAIS AU MARCHÉ VENDRE CASQUETTE, MAIS JE NE SAIS PAS COMBIEN IL PÈSE.
GRUIK.
FACILE ! JE VAIS TE MONTRER !
ON VA PRENDRE LA PLANCHE ET LA POSER EN ÉQUILIBRE SUR UN CAILLOU.
BOUDIOU !
POSE CASQUETTE AU BOUT DE LA PLANCHE.
TU BOUGES PAS, CASQUETTE !
GRUIK.
ET MAINTENANT, NICOLAS, TU POSES DES CAILLOUX DE L'AUTRE CÔTÉ DE LA PLANCHE !
GRUIK ?
BOUDIOU ! C'EST FAIT !
ET MAINTENANT ?
ET MAINTENANT, TU N'AS PLUS QU'À PESER LE CAILLOU !
BOUDIOU ! C'EST MALIN !
GRUIK !
Gaby + Dzack

UNE MAILLE À L'ENDROIT

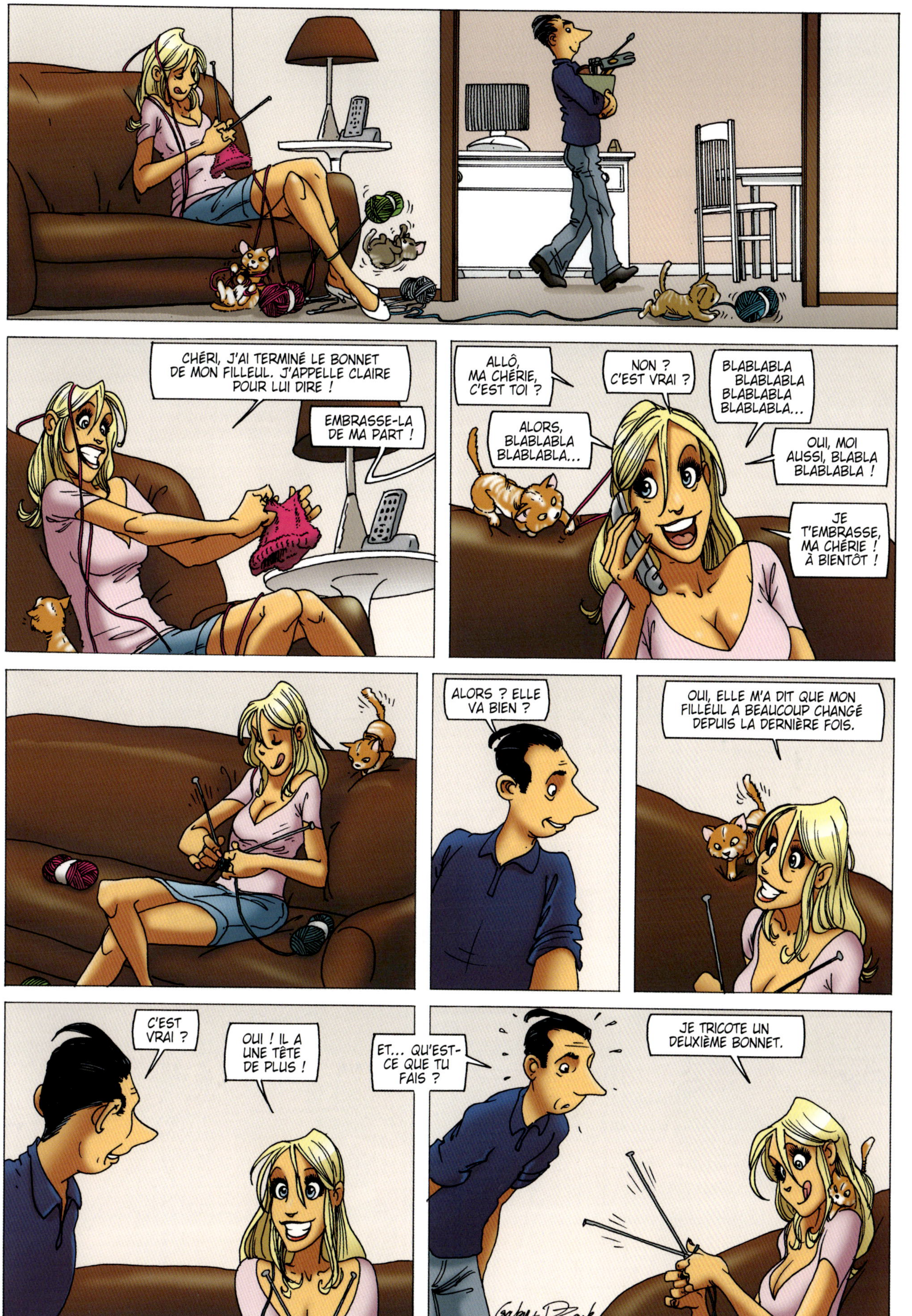

CHÉRI, J'AI TERMINÉ LE BONNET DE MON FILLEUL. J'APPELLE CLAIRE POUR LUI DIRE !
EMBRASSE-LA DE MA PART !
ALLÔ, MA CHÉRIE, C'EST TOI ?
ALORS, BLABLABLA BLABLABLA...
NON ? C'EST VRAI ?
BLABLABLA BLABLABLA BLABLABLA BLABLABLA...
OUI, MOI AUSSI, BLABLA BLABLABLA !
JE T'EMBRASSE, MA CHÉRIE ! À BIENTÔT !
ALORS ? ELLE VA BIEN ?
OUI, ELLE M'A DIT QUE MON FILLEUL A BEAUCOUP CHANGÉ DEPUIS LA DERNIÈRE FOIS.
C'EST VRAI ?
OUI ! IL A UNE TÊTE DE PLUS !
ET... QU'EST-CE QUE TU FAIS ?
JE TRICOTE UN DEUXIÈME BONNET.
Gaby + Dzack

YOU MUST BE VERY PROUD

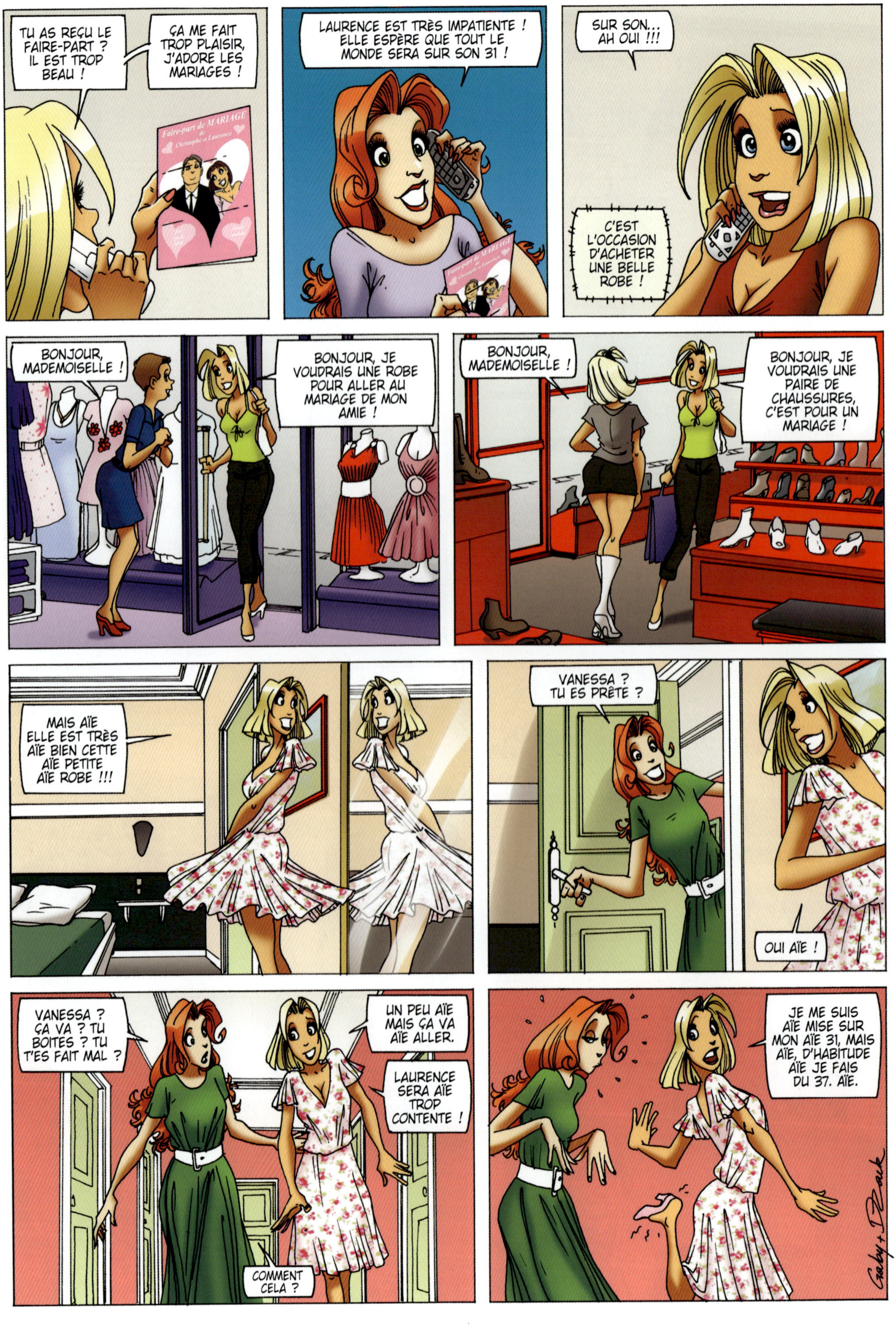

TU AS REÇU LE FAIRE-PART ? IL EST TROP BEAU !
ÇA ME FAIT TROP PLAISIR, J'ADORE LES MARIAGES !
Faire-part de MARIAGE
LAURENCE EST TRÈS IMPATIENTE ! ELLE ESPÈRE QUE TOUT LE MONDE SERA SUR SON 31 !
SUR SON... AH OUI !!!
C'EST L'OCCASION D'ACHETER UNE BELLE ROBE !
BONJOUR, MADEMOISELLE !
BONJOUR, JE VOUDRAIS UNE ROBE POUR ALLER AU MARIAGE DE MON AMIE !
BONJOUR, MADEMOISELLE !
BONJOUR, JE VOUDRAIS UNE PAIRE DE CHAUSSURES, C'EST POUR UN MARIAGE !
MAIS AÏE ELLE EST TRÈS AÏE BIEN CETTE AÏE PETITE AÏE ROBE !!!
VANESSA ? TU ES PRÊTE ?
OUI AÏE !
VANESSA ? ÇA VA ? TU BOITES ? TU T'ES FAIT MAL ?
UN PEU AÏE MAIS ÇA VA AÏE ALLER.
LAURENCE SERA AÏE TROP CONTENTE !
COMMENT CELA ?
JE ME SUIS AÏE MISE SUR MON AÏE 31, MAIS AÏE, D'HABITUDE AÏE JE FAIS DU 37. AÏE.

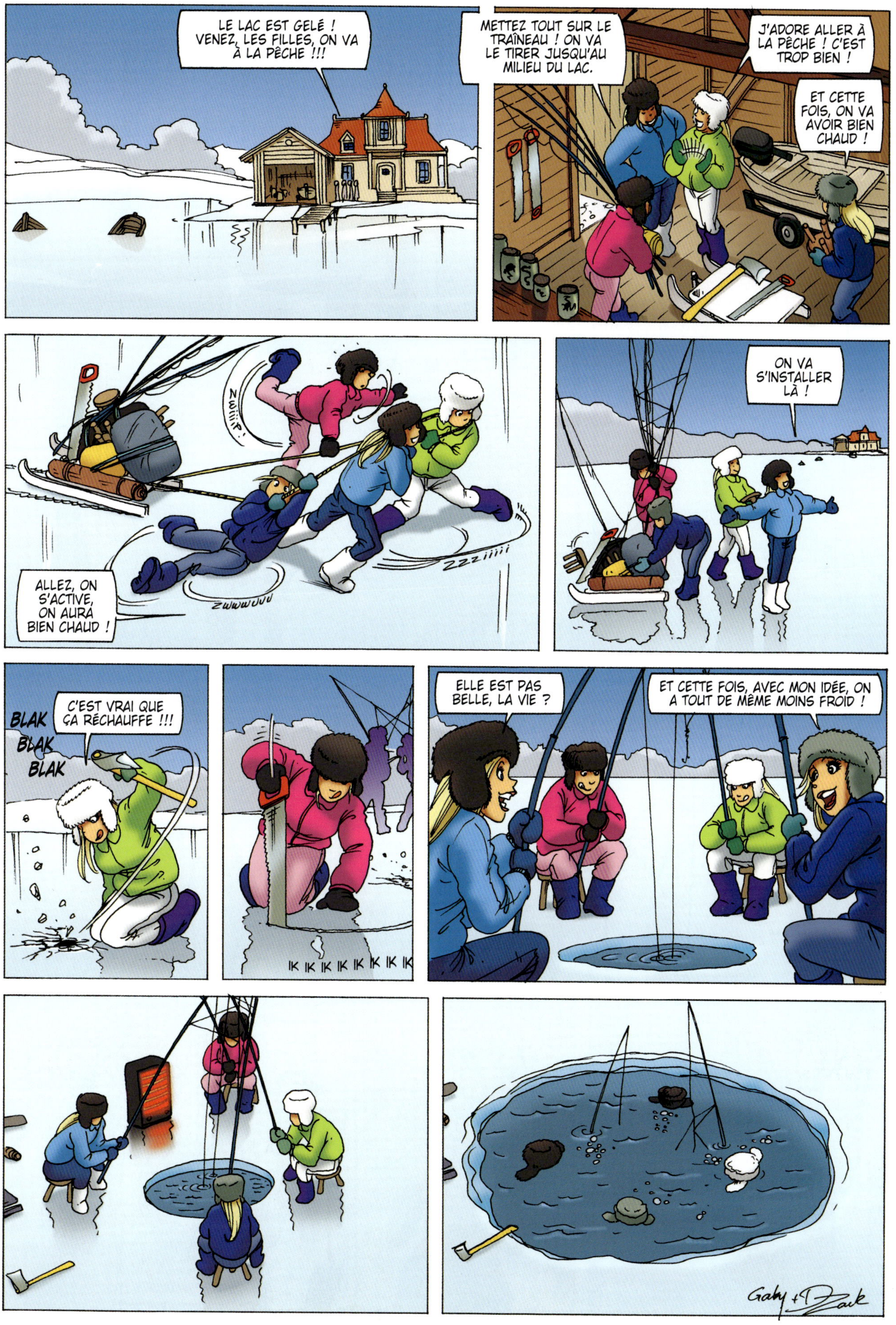
LE LAC EST GELÉ ! VENEZ, LES FILLES, ON VA À LA PÊCHE !!!
METTEZ TOUT SUR LE TRAÎNEAU ! ON VA LE TIRER JUSQU'AU MILIEU DU LAC.
J'ADORE ALLER À LA PÊCHE ! C'EST TROP BIEN !
ET CETTE FOIS, ON VA AVOIR BIEN CHAUD !
ALLEZ, ON S'ACTIVE, ON AURA BIEN CHAUD !
ZZZiiiii
ZWWWUUU
ON VA S'INSTALLER LÀ !
BLAK
BLAK
BLAK
C'EST VRAI QUE ÇA RÉCHAUFFE !!!
IK IK IK IK IK IK IK IK
ELLE EST PAS BELLE, LA VIE ?
ET CETTE FOIS, AVEC MON IDÉE, ON A TOUT DE MÊME MOINS FROID !
Gaby + Dzack

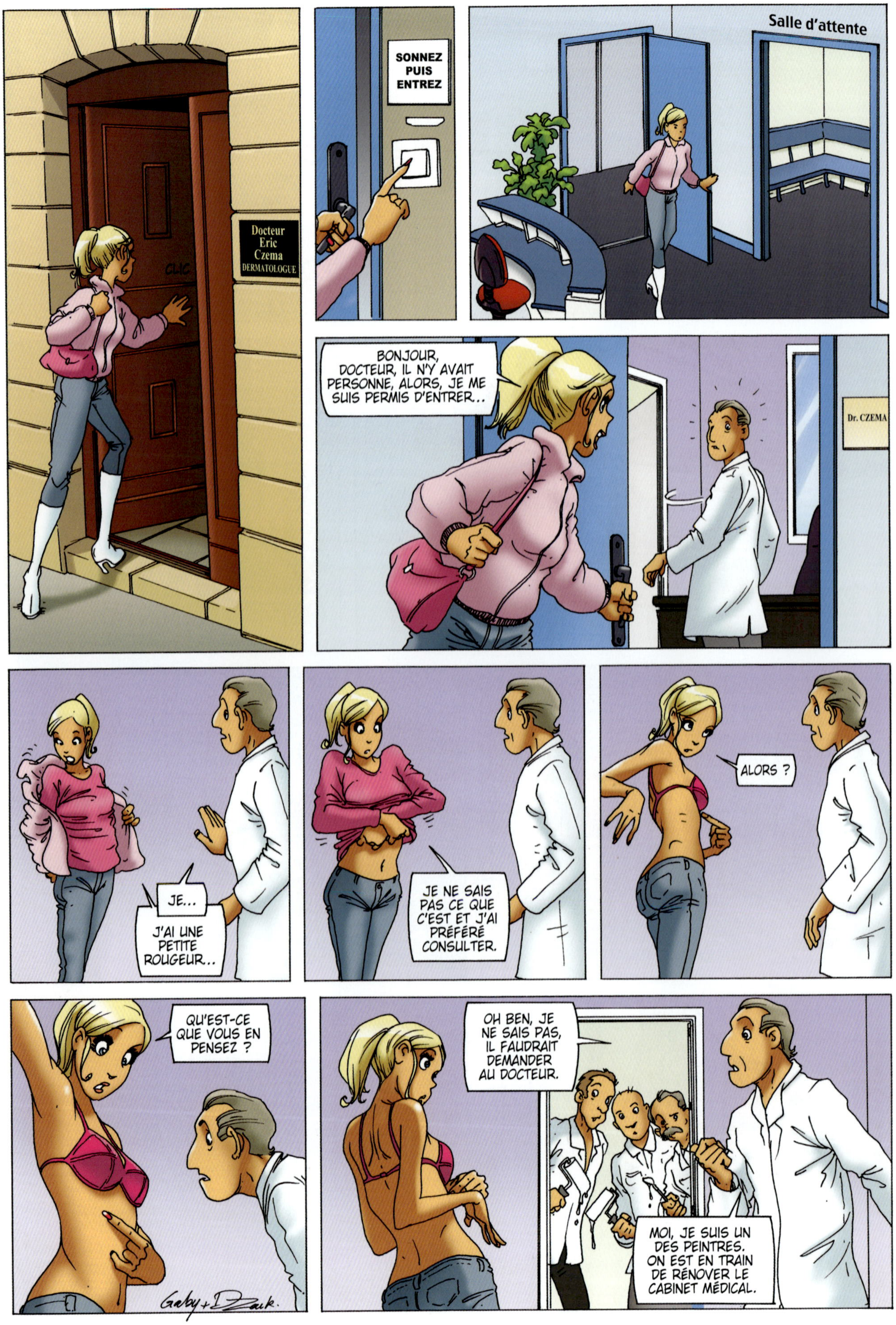
Docteur
Eric
Czema
DERMATOLOGUE
CLIC
SONNEZ
PUIS
ENTREZ
Salle d'attente
BONJOUR, DOCTEUR, IL N'Y AVAIT PERSONNE, ALORS, JE ME SUIS PERMIS D'ENTRER...
Dr. CZEMA
JE...
J'AI UNE PETITE ROUGEUR...
JE NE SAIS PAS CE QUE C'EST ET J'AI PRÉFÉRÉ CONSULTER.
ALORS ?
QU'EST-CE QUE VOUS EN PENSEZ ?
OH BEN, JE NE SAIS PAS, IL FAUDRAIT DEMANDER AU DOCTEUR.
MOI, JE SUIS UN DES PEINTRES. ON EST EN TRAIN DE RÉNOVER LE CABINET MÉDICAL.

C'EST DU GÂTEAU

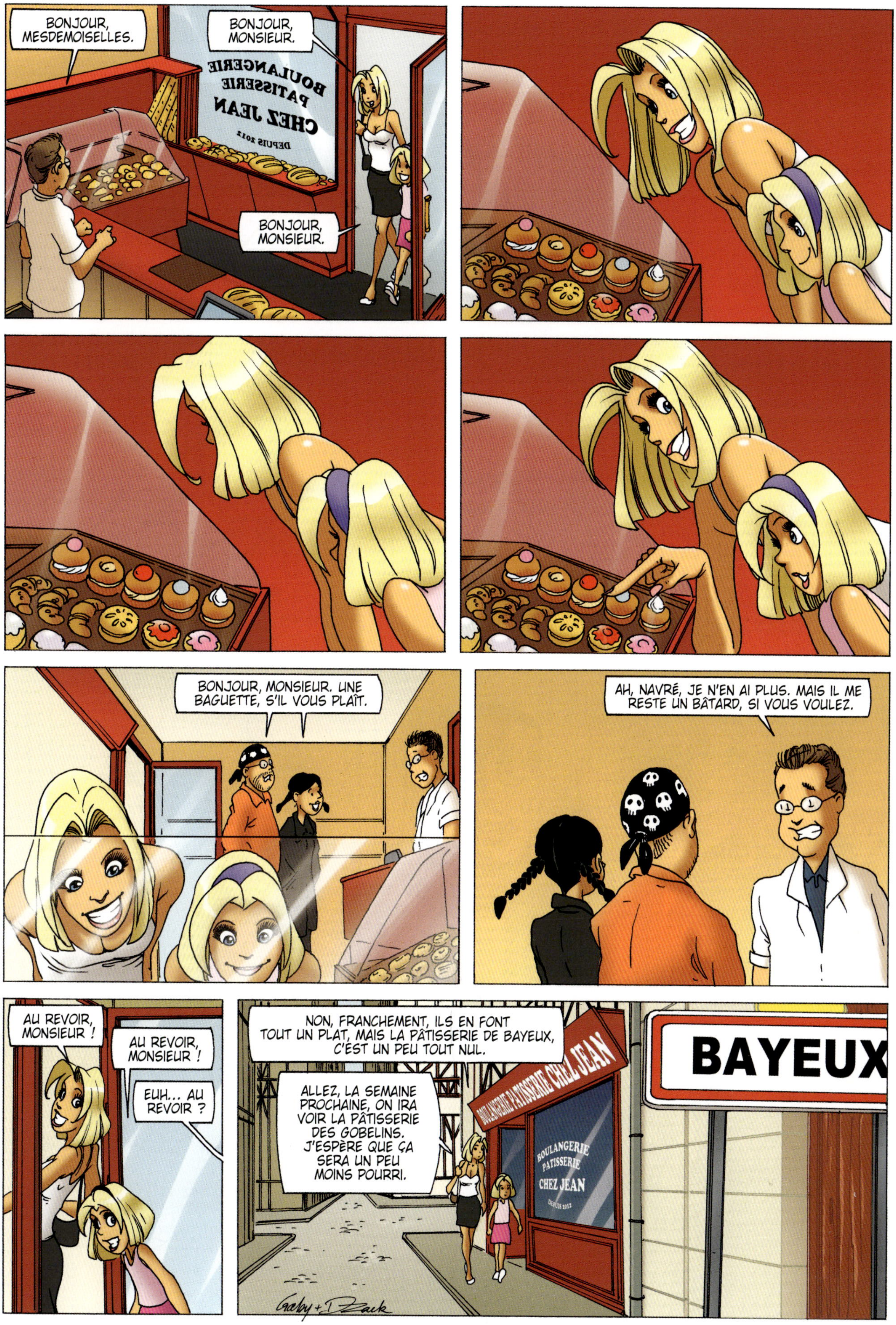
BONJOUR, MESDEMOISELLES.
BONJOUR, MONSIEUR.
BOULANGERIE PATISSERIE CHEZ JEAN DEPUIS 2012
BONJOUR, MONSIEUR.
BONJOUR, MONSIEUR. UNE BAGUETTE, S'IL VOUS PLAÎT.
AH, NAVRÉ, JE N'EN AI PLUS. MAIS IL ME RESTE UN BÂTARD, SI VOUS VOULEZ.
AU REVOIR, MONSIEUR !
AU REVOIR, MONSIEUR !
EUH... AU REVOIR ?
NON, FRANCHEMENT, ILS EN FONT TOUT UN PLAT, MAIS LA PÂTISSERIE DE BAYEUX, C'EST UN PEU TOUT NUL.
ALLEZ, LA SEMAINE PROCHAINE, ON IRA VOIR LA PÂTISSERIE DES GOBELINS. J'ESPÈRE QUE ÇA SERA UN PEU MOINS POURRI.
BOULANGERIE PATISSERIE CHEZ JEAN
BOULANGERIE PATISSERIE CHEZ JEAN
BAYEUX

PROUD AND PROUDER

BOUBABOUBABOUBA !
J'ARRIVE !
ALLÔ ?
VANESSA, C'EST ANNE.
OH, MA CHÉRIE, ÇA VA ?
PAS TROP... J'AI PERDU MON GRAND-PÈRE...
TU AS BIEN CHERCHÉ ?
HIER. IL SERA ENTERRÉ SAMEDI. IL T'AIMAIT BIEN ET IL AURAIT VOULU QUE TU SOIS LÀ, JE CROIS.
TU SAIS, LE POSTE QU'IL OCCUPAIT, IL Y AURA DU MONDE, CE SERONT DES FUNÉRAILLES EN GRANDES POMPES...
SAMEDI. J'Y SERAI, ANNE. JE FERAI HONNEUR À TON PAPI ET À SON ENTERREMENT EN GRANDES POMPES.
MERCI, MA CHÉRIE, JE T'EMBRASSE.
CLIC
EN GRANDES POMPES. ON NE POURRA PAS DIRE QUE JE NE FAIS PAS HONNEUR AU PAPI D'ANNE.
BONJOUR MA CHÉRIE, ÇA VA ?
ÇA VA..... IL AURAIT ÉTÉ CONTENT DE TE...
BONJOUR, VANESSA...

MAIS NON, JE VOUS ASSURE, MONSIEUR L'INSPECTEUR ! IL N'Y A AUCUNE MALVERSATION DANS NOTRE BUREAU DE POSTE !
ÉCOUTEZ, IL Y A DES ABUS. DES CLIENTS SE SONT PLAINTS DE L'AFFRANCHISSEMENT DE LETTRES SIMPLES À 16 EUROS.
POSTE
CE QUI EST UN PEU CHER, MÊME APRÈS LE PASSAGE À L'EURO.
SUIVEZ-MOI, VOUS VERREZ BIEN QUE TOUT EST NORMAL DANS NOTRE BUREAU.
POSTE
60 CENTIMES, S'IL VOUS PLAÎT.
POSTE
VOOOUUUU
CLIC
VOOOUUUU
AH, ÇA NE RESTE JAMAIS EN PLACE.
VOOOOOUUUUU
HOP !
VOOOUUU
PLONK !
VOILÀ, 16 EUROS.
POSTE
VOOOOOOUUU
C'EST... C'EST UN PEU CHER TOUT DE MÊME...
AH BEN, C'EST NORMAL, C'EST LE TARIF « URGENT » !!
Gaby + Dzack

MASTER TOP

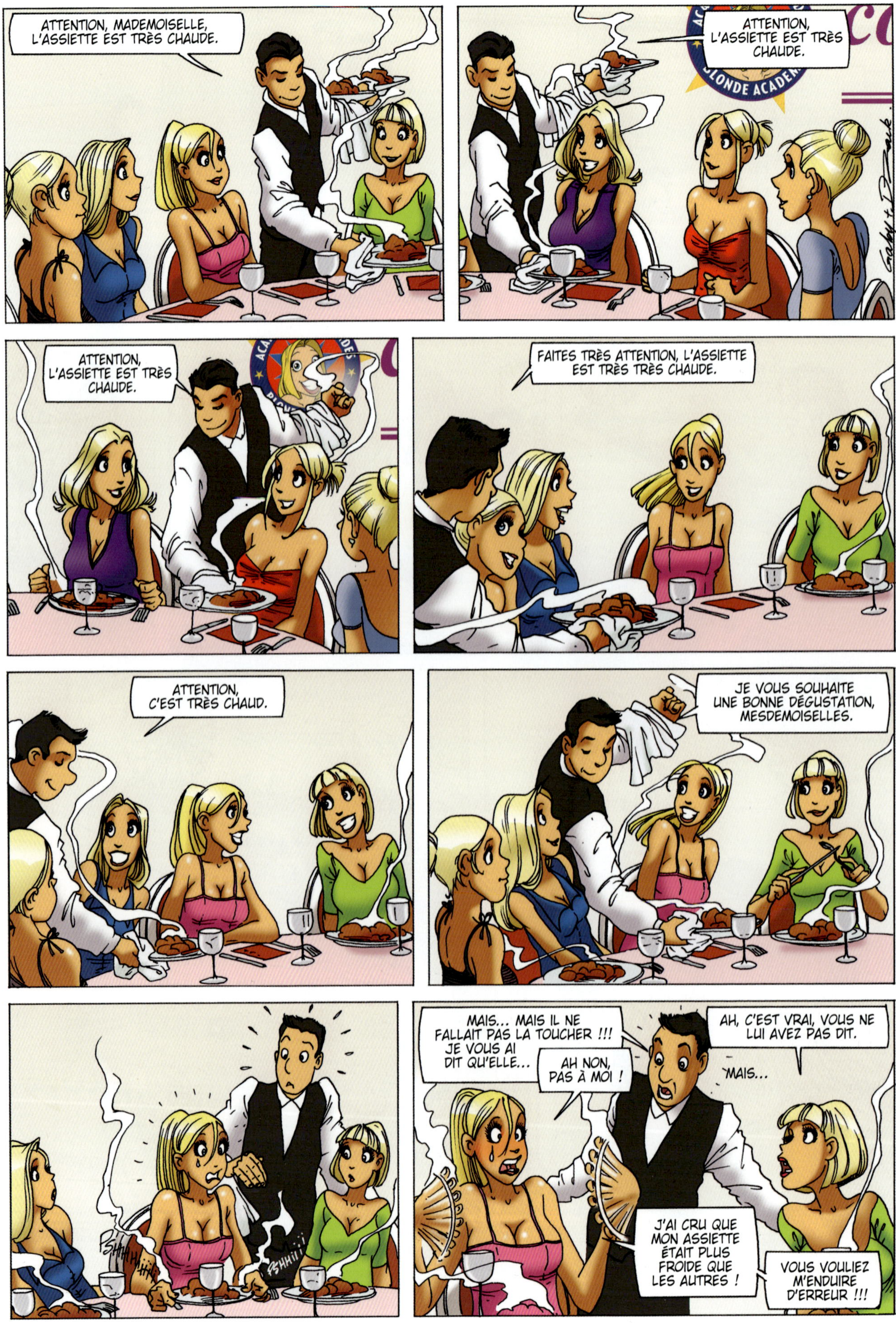
ATTENTION, MADEMOISELLE, L'ASSIETTE EST TRÈS CHAUDE.
ATTENTION, L'ASSIETTE EST TRÈS CHAUDE.
ATTENTION, L'ASSIETTE EST TRÈS CHAUDE.
FAITES TRÈS ATTENTION, L'ASSIETTE EST TRÈS TRÈS CHAUDE.
ATTENTION, C'EST TRÈS CHAUD.
JE VOUS SOUHAITE UNE BONNE DÉGUSTATION, MESDEMOISELLES.
MAIS... MAIS IL NE FALLAIT PAS LA TOUCHER !!! JE VOUS AI DIT QU'ELLE...
AH NON, PAS À MOI !
AH, C'EST VRAI, VOUS NE LUI AVEZ PAS DIT.
MAIS...
J'AI CRU QUE MON ASSIETTE ÉTAIT PLUS FROIDE QUE LES AUTRES !
VOUS VOULIEZ M'ENDUIRE D'ERREUR !!!

VOYAGER AUTREMENT

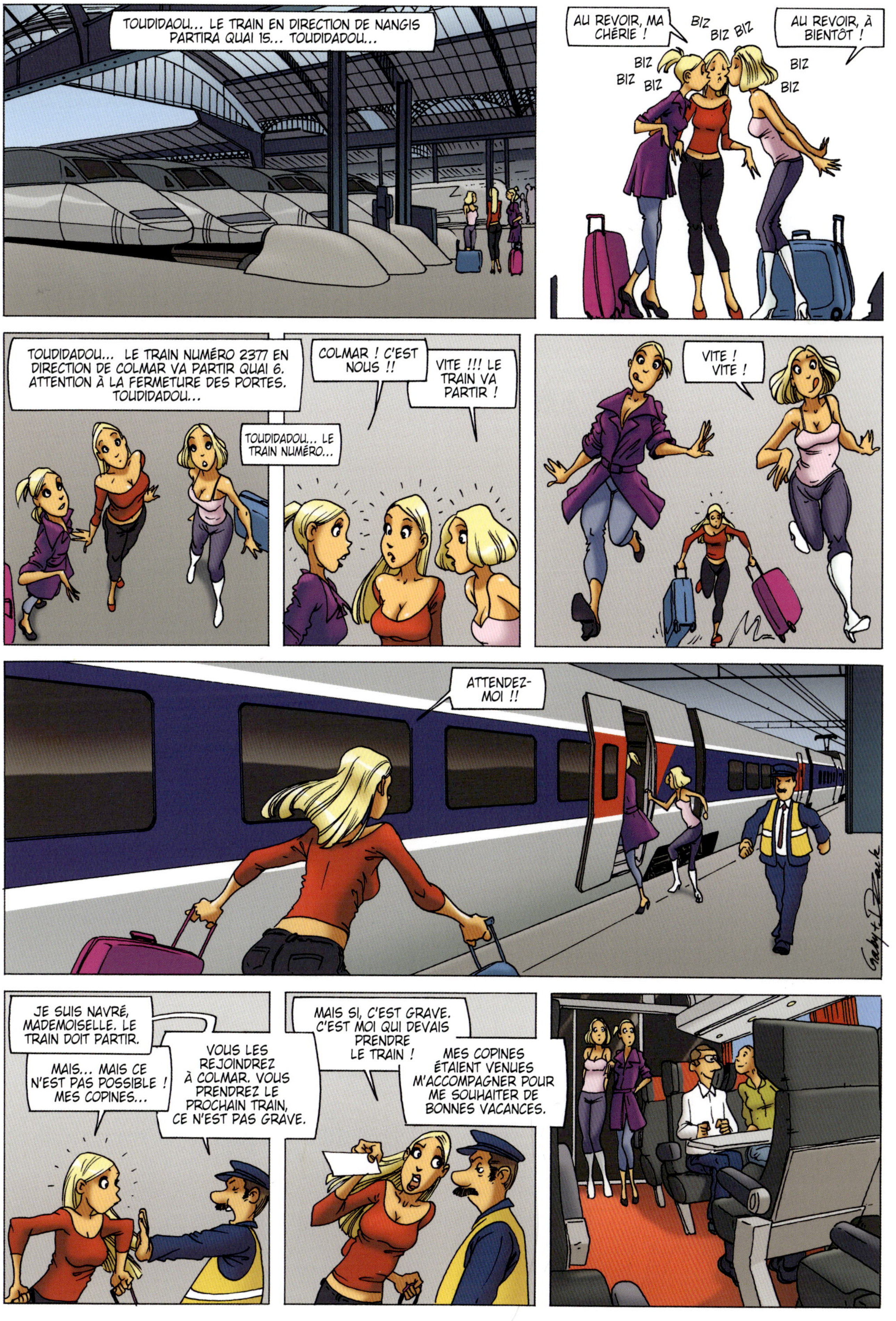
TOUDIDAOU... LE TRAIN EN DIRECTION DE NANGIS PARTIRA QUAI 15... TOUDIDADOU...
AU REVOIR, MA CHÉRIE !
BIZ BIZ BIZ
AU REVOIR, À BIENTÔT !
BIZ BIZ BIZ
BIZ BIZ
TOUDIDADOU... LE TRAIN NUMÉRO 2377 EN DIRECTION DE COLMAR VA PARTIR QUAI 6. ATTENTION À LA FERMETURE DES PORTES. TOUDIDADOU...
TOUDIDADOU... LE TRAIN NUMÉRO...
COLMAR ! C'EST NOUS !!
VITE !!! LE TRAIN VA PARTIR !
VITE ! VITE !
ATTENDEZ-MOI !!
JE SUIS NAVRÉ, MADEMOISELLE. LE TRAIN DOIT PARTIR.
MAIS... MAIS CE N'EST PAS POSSIBLE ! MES COPINES...
VOUS LES REJOINDREZ À COLMAR. VOUS PRENDREZ LE PROCHAIN TRAIN, CE N'EST PAS GRAVE.
MAIS SI, C'EST GRAVE. C'EST MOI QUI DEVAIS PRENDRE LE TRAIN !
MES COPINES ÉTAIENT VENUES M'ACCOMPAGNER POUR ME SOUHAITER DE BONNES VACANCES.

AKIRA BALL

ET ÇA VA ME PLAIRE ?
ÇA PLAÎT À TOUT LE MONDE ! ET COMME IL Y A 38 TOMES DERRIÈRE, ÇA PLAÎT AUSSI AU LIBRAIRE !
MANGA
AKIRA BALL.
AH ?
FAITES-MOI CONFIANCE, MADEMOISELLE ! SI ÇA NE VOUS PLAÎT PAS, VOUS ME LE RAPPORTEZ.
ET N'OUBLIEZ PAS DE LE LIRE DANS LE SENS JAPONAIS, HEIN !
COMMENT CELA ?
OUI, ON ME DIT SOUVENT QUE L'HISTOIRE EST POURRIE. MAIS IL FAUT LIRE COMME LES JAPONAIS, À L'ENVERS.
AH, D'ACCORD !
PFFFF
IL SE MOQUE DE MOI, MONSIEUR LE LIBRAIRE. JE VAIS LUI SIGNIFIER LE FOND DE MA PENSÉE.
ALLÔ ? MONSIEUR LE LIBRAIRE ? IL EST UN PEU TOUT POURRI TOUT DE MÊME VOTRE MANGA.
VOUS NE SERIEZ PAS UN PEU ESCROC SUR LES BORDS ?
MAIS... COMMENT ÇA ?
JE L'AI LU À L'ENVERS, COMME VOUS LE DISIEZ, EH BEN, ÇA N'ARRANGE RIEN.
J'AURAIS PU COMMENCER PAR LA DERNIÈRE PAGE, ÇA AURAIT ÉTÉ PAREIL !!!

PLANNING FAMILIAL

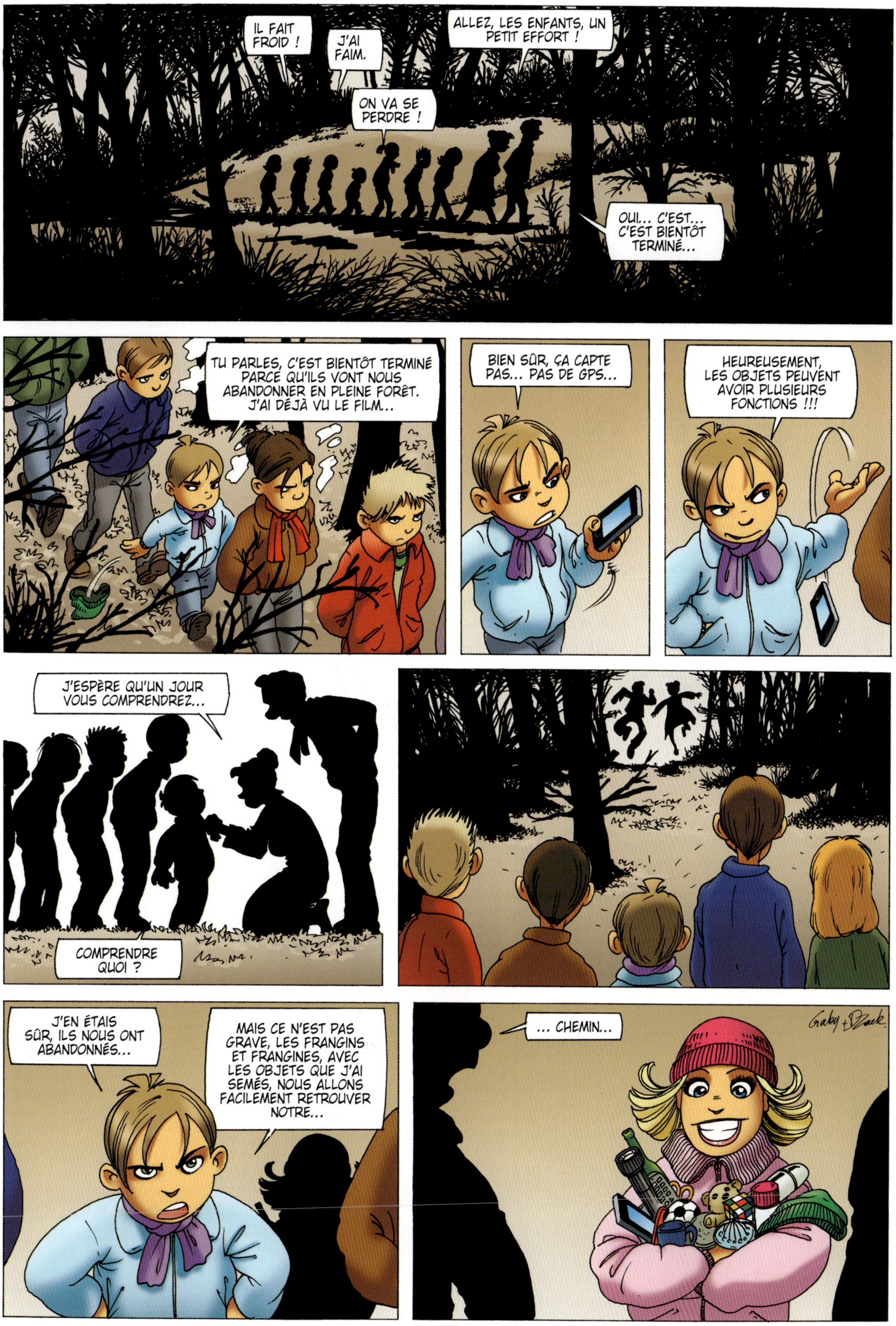
IL FAIT FROID !
J'AI FAIM.
ALLEZ, LES ENFANTS, UN PETIT EFFORT !
ON VA SE PERDRE !
OUI… C'EST… C'EST BIENTÔT TERMINÉ…
TU PARLES, C'EST BIENTÔT TERMINÉ PARCE QU'ILS VONT NOUS ABANDONNER EN PLEINE FORÊT. J'AI DÉJÀ VU LE FILM…
BIEN SÛR, ÇA CAPTE PAS… PAS DE GPS…
HEUREUSEMENT, LES OBJETS PEUVENT AVOIR PLUSIEURS FONCTIONS !!!
J'ESPÈRE QU'UN JOUR VOUS COMPRENDREZ…
COMPRENDRE QUOI ?
J'EN ÉTAIS SÛR, ILS NOUS ONT ABANDONNÉS…
MAIS CE N'EST PAS GRAVE, LES FRANGINS ET FRANGINES, AVEC LES OBJETS QUE J'AI SEMÉS, NOUS ALLONS FACILEMENT RETROUVER NOTRE…
… CHEMIN…
Gaby + Dzack

VIVEMENT QUE ÇA SE TERMINE, J'AI ENVIE DE DANSER.
ATTENDS... APRÈS LE DESSERT, ILS DÉBARRASSENT ET LA PISTE EST À NOUS !
congrès de l'academie des blondes
MESDEMOISELLES, SI VOUS VOULEZ BIEN VOUS LEVER, S'IL VOUS PLAÎT.
ÇA Y EST ? ON DANSE ?
NON, MADEMOISELLE, JE VAIS JUSTE CHANGER L'AMPOULE.
KLAK !
GZIIIIT !
ON DANSE ?!!!
OUAIIIS !!!
IL DANSE TROP BIEN LE SERVEUR !

NON, NE PARIEZ PAS

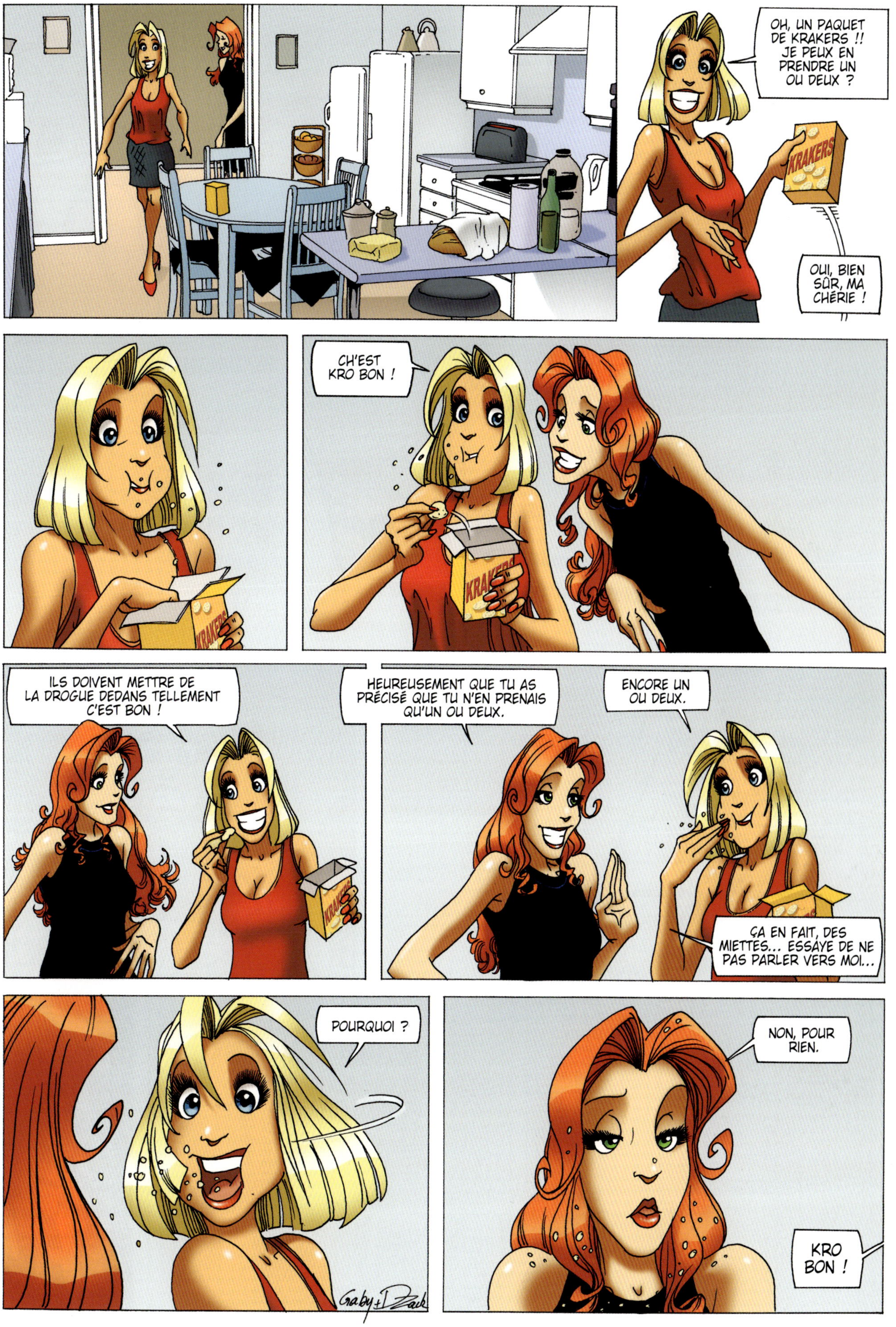

OH, UN PAQUET DE KRAKERS !! JE PEUX EN PRENDRE UN OU DEUX ?
OUI, BIEN SÛR, MA CHÉRIE !
KRAKERS
CH'EST KRO BON !
ILS DOIVENT METTRE DE LA DROGUE DEDANS TELLEMENT C'EST BON !
HEUREUSEMENT QUE TU AS PRÉCISÉ QUE TU N'EN PRENAIS QU'UN OU DEUX.
ENCORE UN OU DEUX.
ÇA EN FAIT, DES MIETTES... ESSAYE DE NE PAS PARLER VERS MOI...
POURQUOI ?
NON, POUR RIEN.
KRO BON !

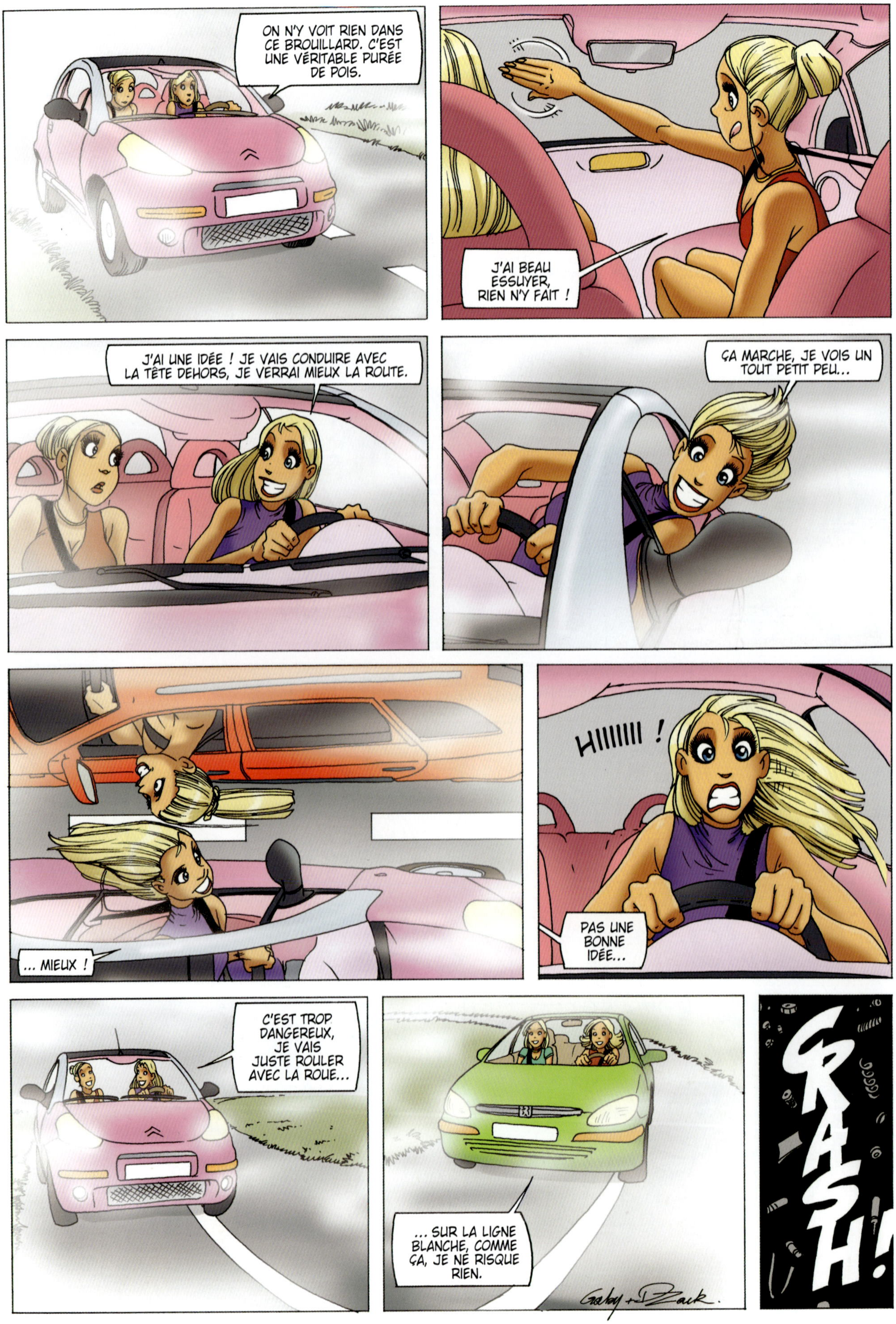
ON N'Y VOIT RIEN DANS CE BROUILLARD. C'EST UNE VÉRITABLE PURÉE DE POIS.
J'AI BEAU ESSUYER, RIEN N'Y FAIT !
J'AI UNE IDÉE ! JE VAIS CONDUIRE AVEC LA TÊTE DEHORS, JE VERRAI MIEUX LA ROUTE.
ÇA MARCHE, JE VOIS UN TOUT PETIT PEU...
... MIEUX !
HIIIIIII !
PAS UNE BONNE IDÉE...
C'EST TROP DANGEREUX, JE VAIS JUSTE ROULER AVEC LA ROUE...
... SUR LA LIGNE BLANCHE, COMME ÇA, JE NE RISQUE RIEN.
CRASH !

C'EST DANS LES VIEUX POTS

AH... OUI... JE COMPRENDS, ELLE Y ÉTAIT TRÈS ATTACHÉE... NON, NE VOUS INQUIÉTEZ PAS... NOUS FERONS ATTENTION.
AU REVOIR, MONSIEUR.
IL Y A UN PROBLÈME ?
LA GRAND-MÈRE DE LA JEUNE VANESSA VIENT DE NOUS QUITTER..
C'EST HORRIBLE !
OUI... ELLE N'A PLUS DE GRANDS-PARENTS... IL VA FALLOIR LE LUI APPRENDRE AVEC DES MÉNAGEMENTS...
UN DÉMÉNAGEMENT ? JE PEUX LE FAIRE !
AVEC DES MÉNAGEMENTS, MONSIEUR BIJARD. AVEC LES FORMES, SI VOUS VOULEZ.
JE PEUX LE FAIRE AUSSI. J'AI ÉTÉ SUR LE FRONT. J'AI SOUVENT ANNONCÉ DES MAUVAISES NOUVELLES À LA FAMILLE DE MES CAMARADES...
BONJOUR MESDEMOISELLES ! NOUS ALLONS COMMENCER PAR QUELQUES EXERCICES SIMPLES...
CELLES QUI AIMENT LEURS PARENTS, FAITES UN PAS EN AVANT.
CELLES DONT LES GRANDS-PARENTS SONT VIVANTS, FAITES UN PAS EN AVANT.
PAS SI VITE, MADEMOISELLE VANESSA.

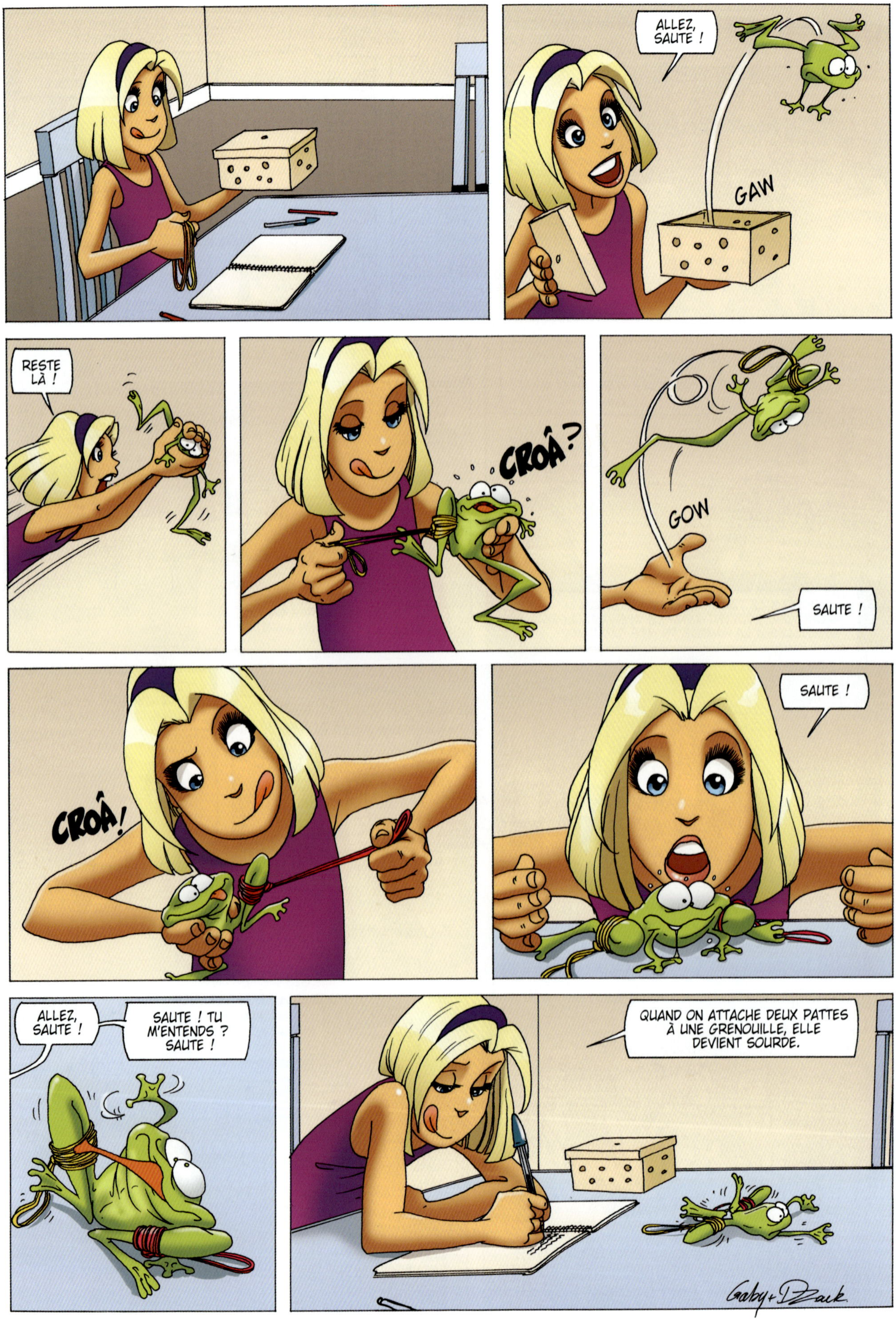
ALLEZ, SAUTE !
GAW
RESTE LÀ !
CROÂ ?
GOW
SAUTE !
CROÂ !
SAUTE !
ALLEZ, SAUTE !
SAUTE ! TU M'ENTENDS ? SAUTE !
QUAND ON ATTACHE DEUX PATTES À UNE GRENOUILLE, ELLE DEVIENT SOURDE.
Gaby + Dzack

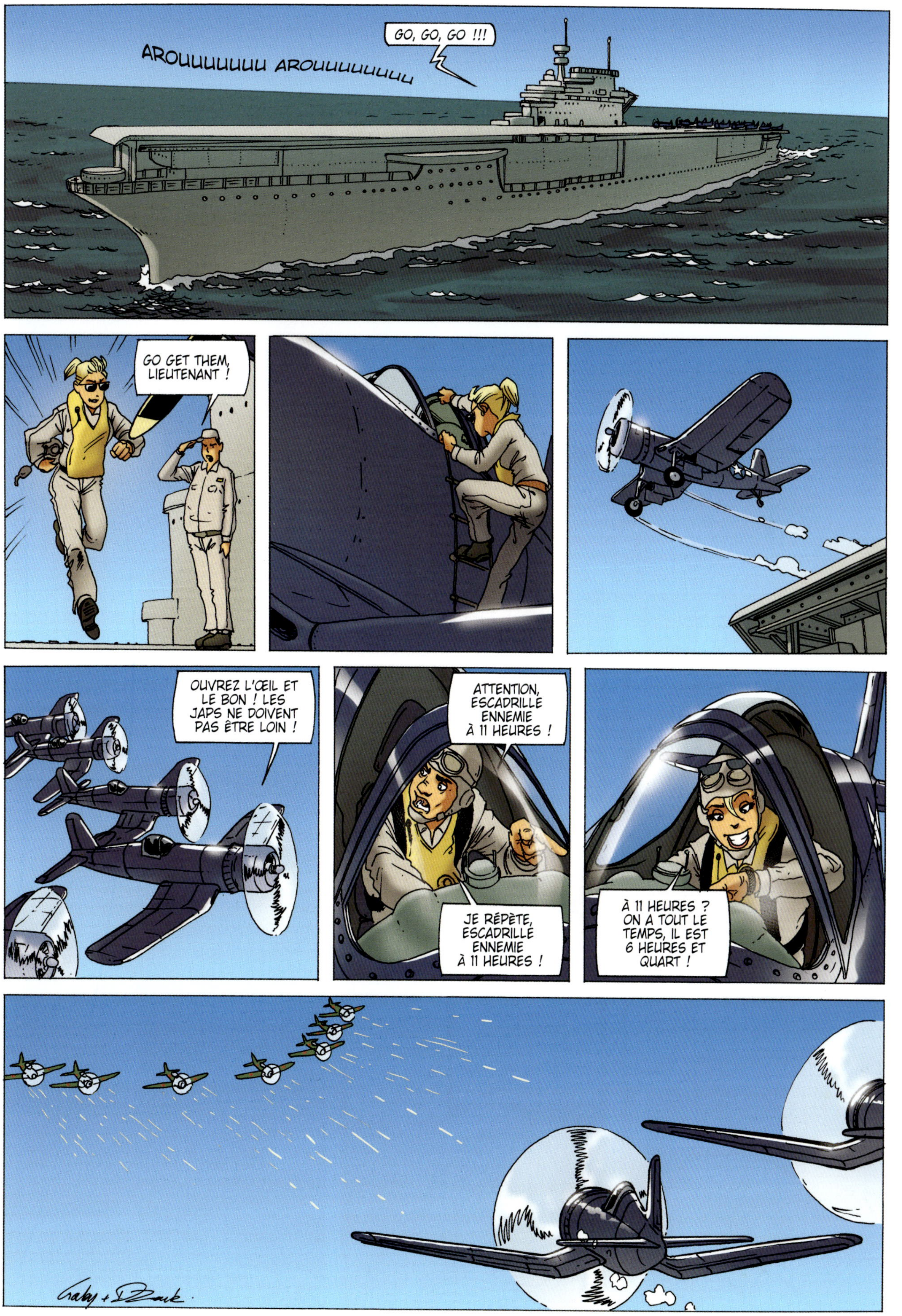
AROUUUUUUU AROUUUUUUUU
GO, GO, GO !!!
GO GET THEM, LIEUTENANT !
OUVREZ L'ŒIL ET LE BON ! LES JAPS NE DOIVENT PAS ÊTRE LOIN !
ATTENTION, ESCADRILLE ENNEMIE À 11 HEURES !
JE RÉPÈTE, ESCADRILLE ENNEMIE À 11 HEURES !
À 11 HEURES ? ON A TOUT LE TEMPS, IL EST 6 HEURES ET QUART !

CROISIÈRE CASTO

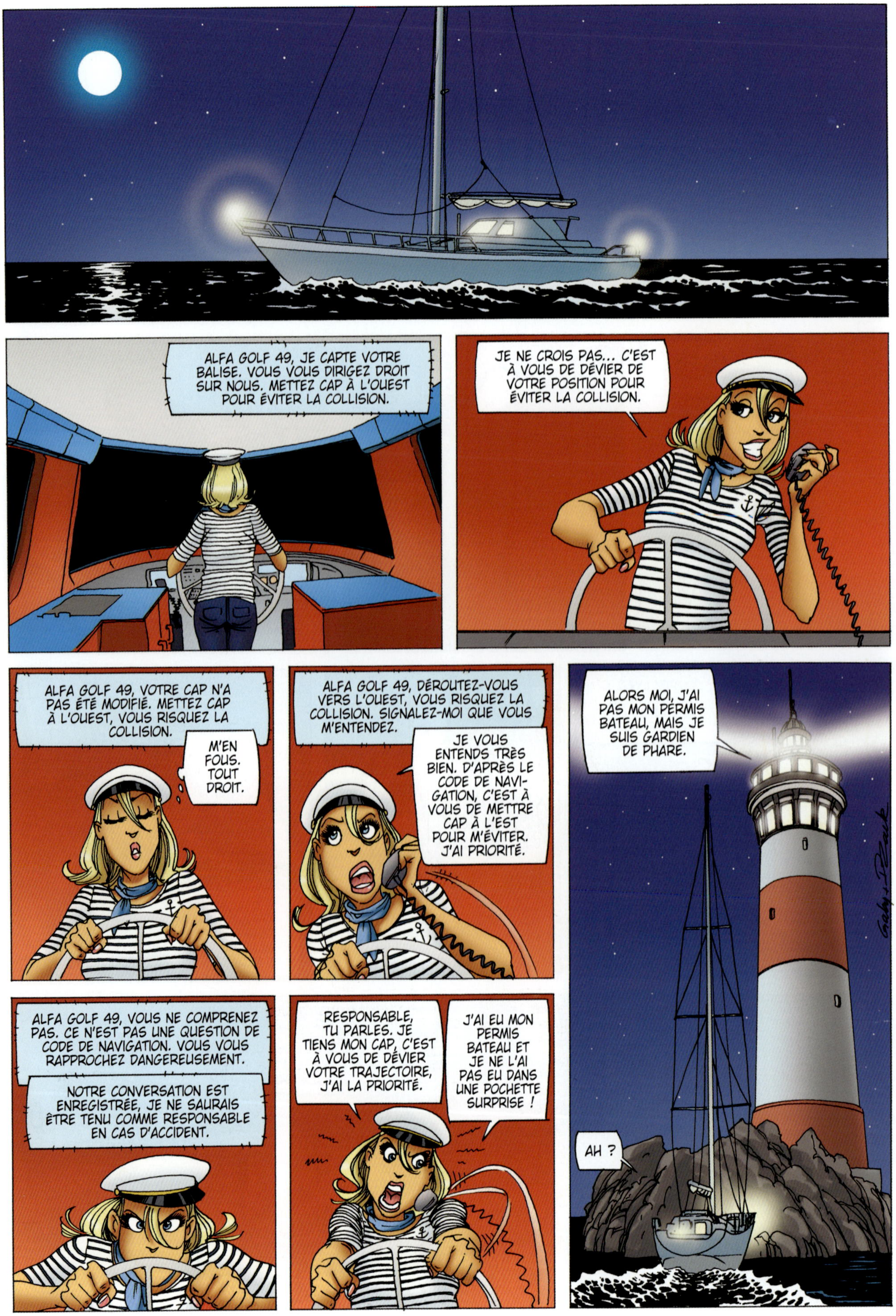

ALFA GOLF 49, JE CAPTE VOTRE BALISE. VOUS VOUS DIRIGEZ DROIT SUR NOUS. METTEZ CAP À L'OUEST POUR ÉVITER LA COLLISION.
JE NE CROIS PAS... C'EST À VOUS DE DÉVIER DE VOTRE POSITION POUR ÉVITER LA COLLISION.
ALFA GOLF 49, VOTRE CAP N'A PAS ÉTÉ MODIFIÉ. METTEZ CAP À L'OUEST, VOUS RISQUEZ LA COLLISION.
M'EN FOUS. TOUT DROIT.
ALFA GOLF 49, DÉROUTEZ-VOUS VERS L'OUEST, VOUS RISQUEZ LA COLLISION. SIGNALEZ-MOI QUE VOUS M'ENTENDEZ.
JE VOUS ENTENDS TRÈS BIEN. D'APRÈS LE CODE DE NAVIGATION, C'EST À VOUS DE METTRE CAP À L'EST POUR M'ÉVITER. J'AI PRIORITÉ.
ALFA GOLF 49, VOUS NE COMPRENEZ PAS. CE N'EST PAS UNE QUESTION DE CODE DE NAVIGATION. VOUS VOUS RAPPROCHEZ DANGEREUSEMENT.
NOTRE CONVERSATION EST ENREGISTRÉE, JE NE SAURAIS ÊTRE TENU COMME RESPONSABLE EN CAS D'ACCIDENT.
RESPONSABLE, TU PARLES. JE TIENS MON CAP, C'EST À VOUS DE DÉVIER VOTRE TRAJECTOIRE, J'AI LA PRIORITÉ.
J'AI EU MON PERMIS BATEAU ET JE NE L'AI PAS EU DANS UNE POCHETTE SURPRISE !
ALORS MOI, J'AI PAS MON PERMIS BATEAU, MAIS JE SUIS GARDIEN DE PHARE.
AH ?

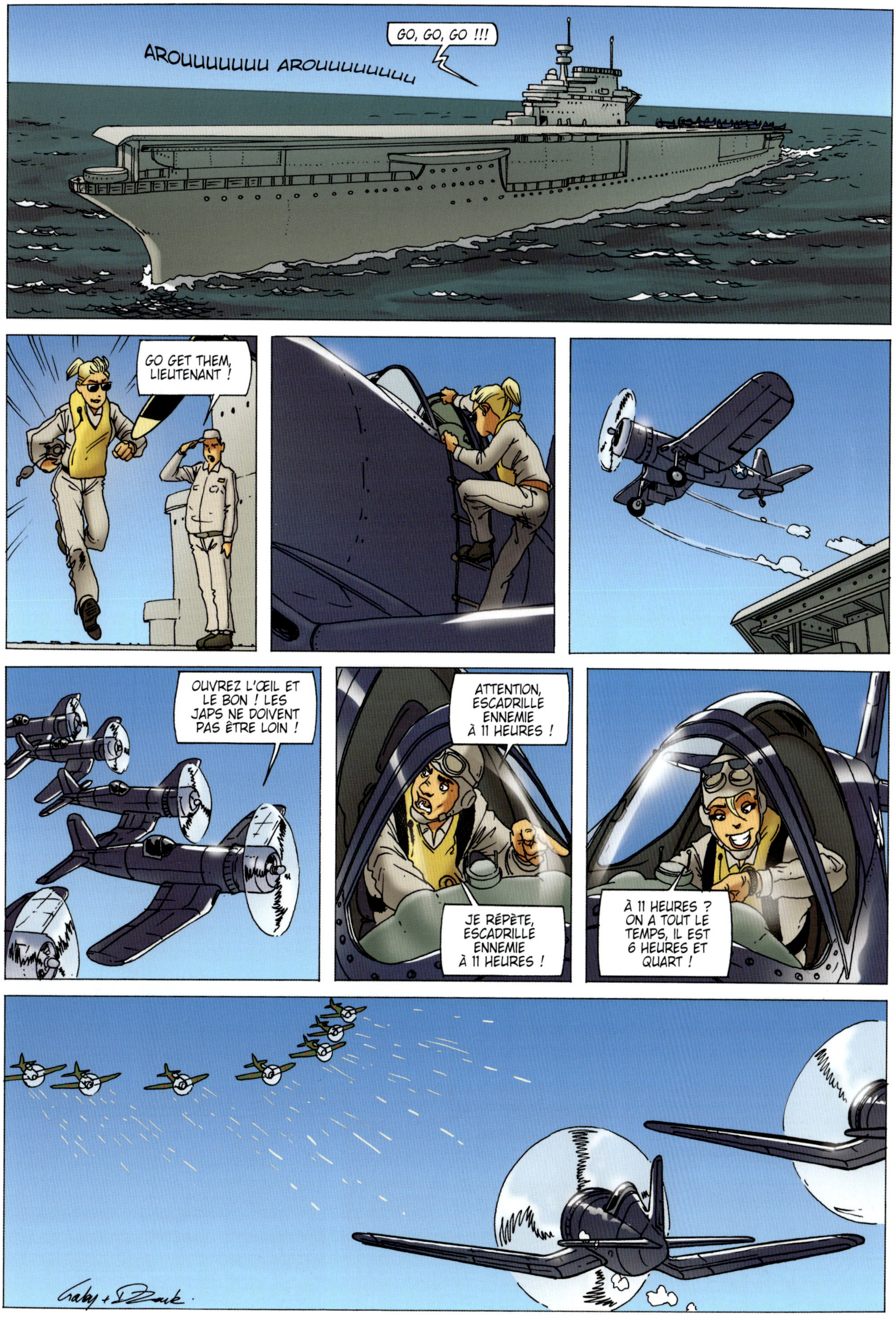

AROUUUUUUUU AROUUUUUUUUU
GO, GO, GO !!!
GO GET THEM, LIEUTENANT !
OUVREZ L'ŒIL ET LE BON ! LES JAPS NE DOIVENT PAS ÊTRE LOIN !
ATTENTION, ESCADRILLE ENNEMIE À 11 HEURES !
JE RÉPÈTE, ESCADRILLE ENNEMIE À 11 HEURES !
À 11 HEURES ? ON A TOUT LE TEMPS, IL EST 6 HEURES ET QUART !

CROISIÈRE CASTO

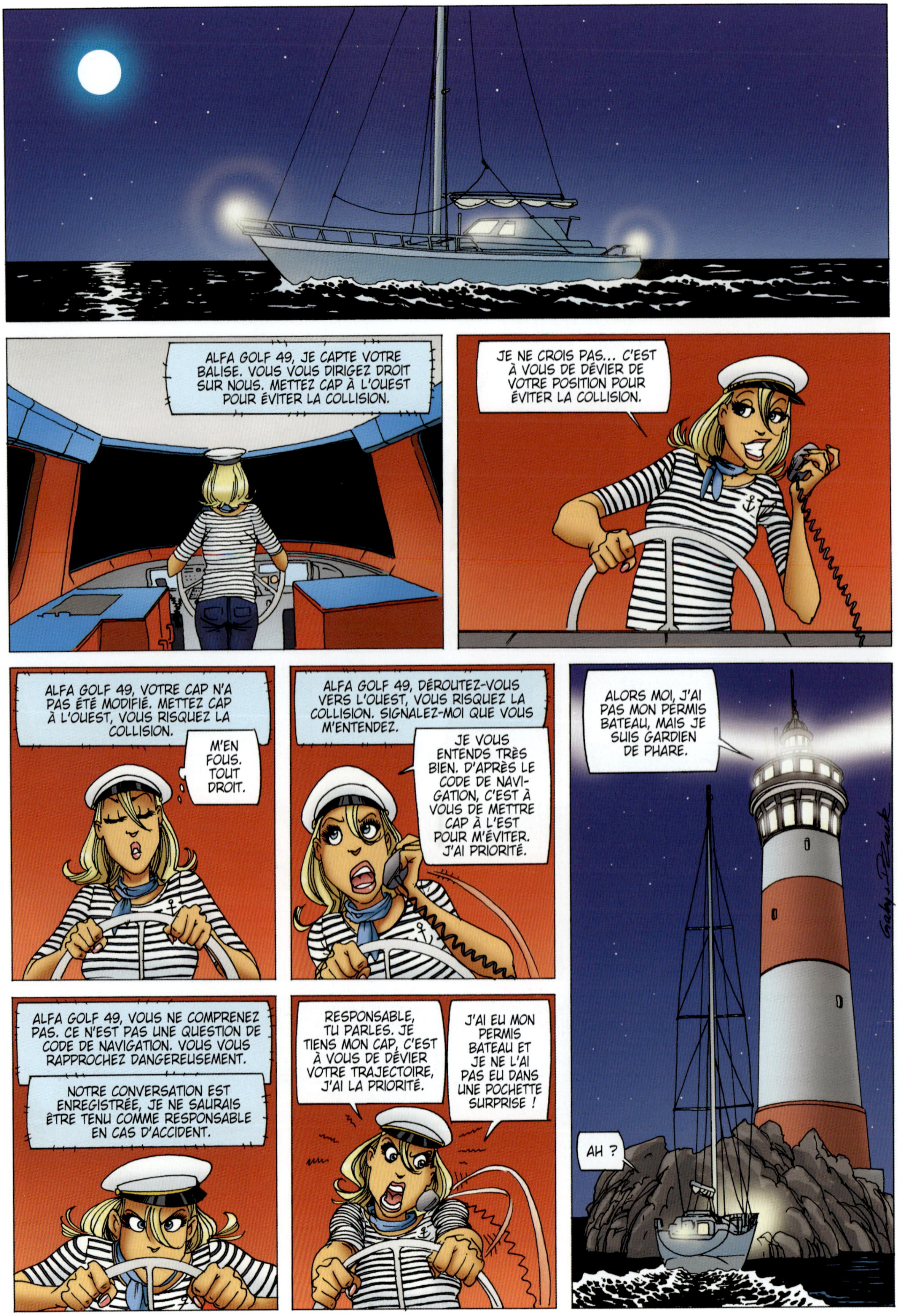

MOI J'PRÉFÈRE RESTER TOUTE SEULE SOUS LEURS AIRS INNOCENTS CE SONT DE VRAIS BRIGANDS...
NON...
VOUS ÊTES ICI
ALORS LÀ, ILS EXAGÈRENT UN PEU...
AH ! MAIS ÇA NE VA PAS SE PASSER COMME ÇA !
FRANCHEMENT, VOUS NOUS PRENEZ POUR QUI ?
MAIS...
AÏE !
MADEMOISELLE...
OUILLE !
VOUS ÊTES ICI
ET ÇA ? VOUS L'EXPLIQUEZ COMMENT ?
OUILLE !
COMMENT VOUS SAVEZ OÙ JE SUIS ? VOUS NOUS SURVEILLEZ POUR SAVOIR OÙ NOUS SOMMES EN PERMANENCE !
NOUS VIVONS SOUS UNE DICTATURE POLICIÈRE !
LES ANONINO... ANONINI... LES GENS AVEC DES MASQUES QUI FONT PEUR, ILS ONT RAISON ! ÉTAT POLICIER !!
BIG BROTHER N'AURA PAS MA PEAU ! EFFACEZ TOUT DE SUITE MES DONNÉES !!!

ON NE FAIT PAS D'OMELETTES

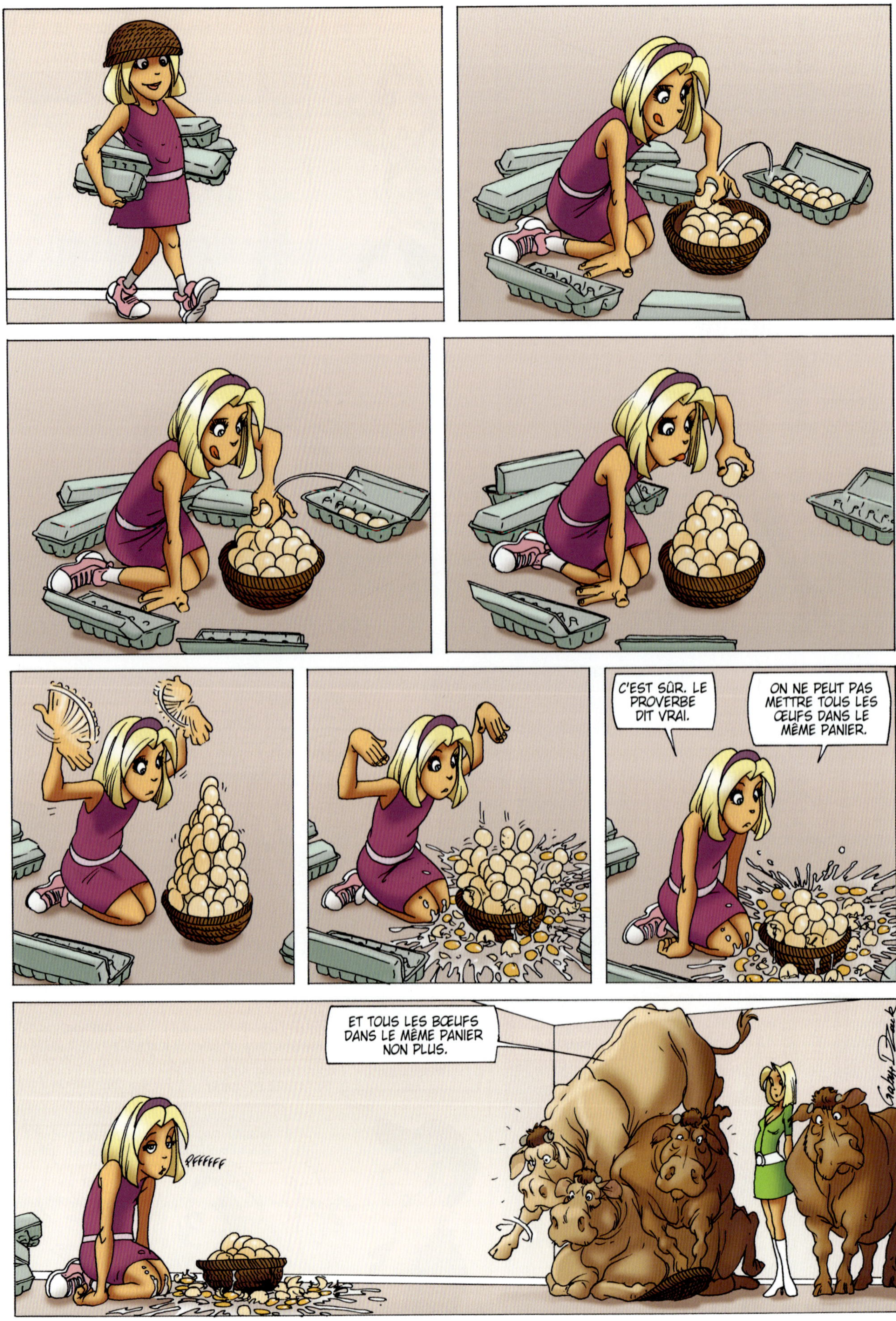
C'EST SÛR. LE PROVERBE DIT VRAI.
ON NE PEUT PAS METTRE TOUS LES ŒUFS DANS LE MÊME PANIER.
ET TOUS LES BŒUFS DANS LE MÊME PANIER NON PLUS.
PFFFFFF

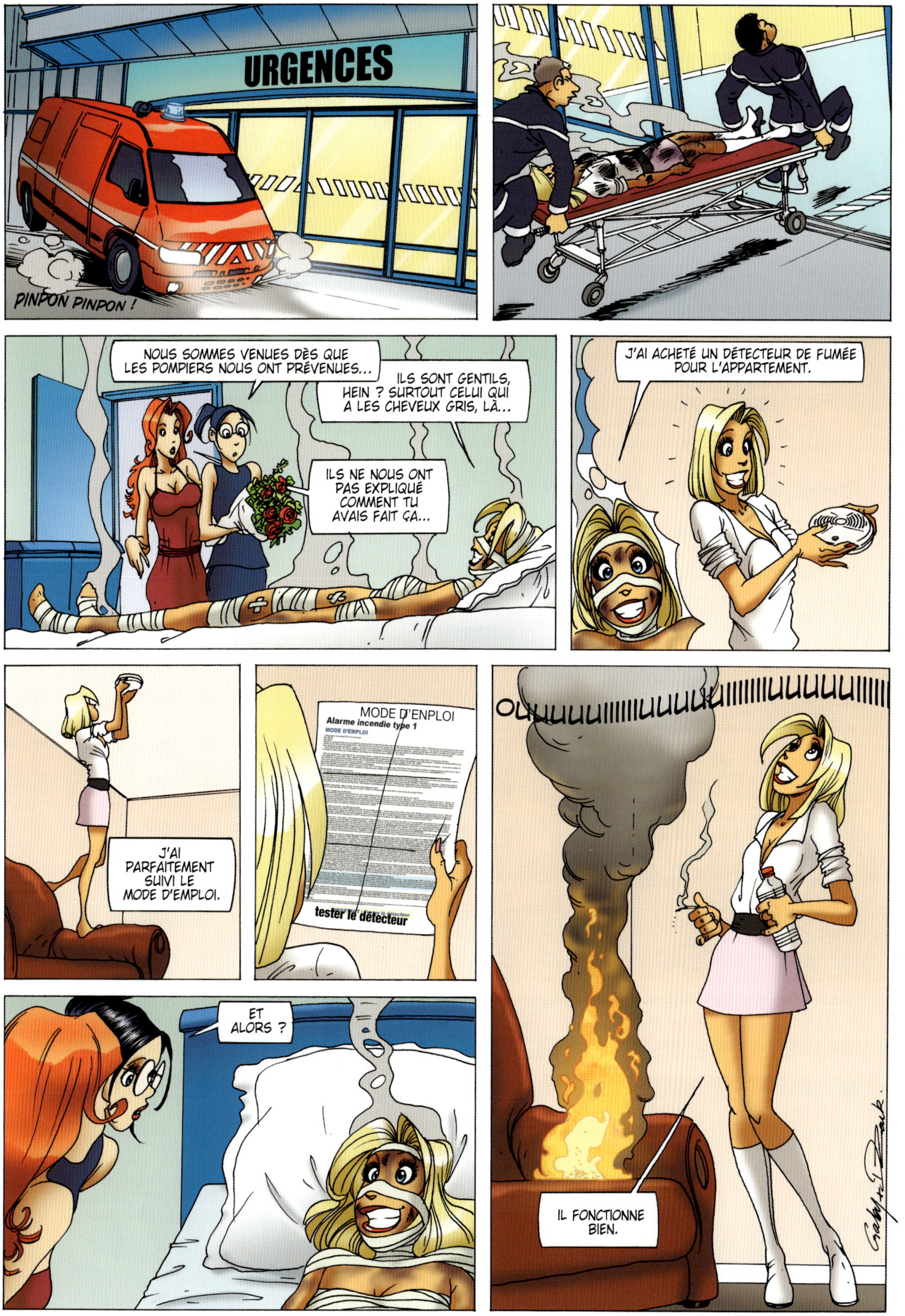
URGENCES
PINPON PINPON !
NOUS SOMMES VENUES DÈS QUE LES POMPIERS NOUS ONT PRÉVENUES...
ILS SONT GENTILS, HEIN ? SURTOUT CELUI QUI A LES CHEVEUX GRIS, LÀ...
ILS NE NOUS ONT PAS EXPLIQUÉ COMMENT TU AVAIS FAIT ÇA...
J'AI ACHETÉ UN DÉTECTEUR DE FUMÉE POUR L'APPARTEMENT.
J'AI PARFAITEMENT SUIVI LE MODE D'EMPLOI.
MODE D'EMPLOI
Alarme incendie type 1
MODE D'EMPLOI
tester le détecteur
OUUUUUIIIIIIUUUUUIIIIIIUUUUU
ET ALORS ?
IL FONCTIONNE BIEN.

ÉCOLE VÉTÉRINAIRE

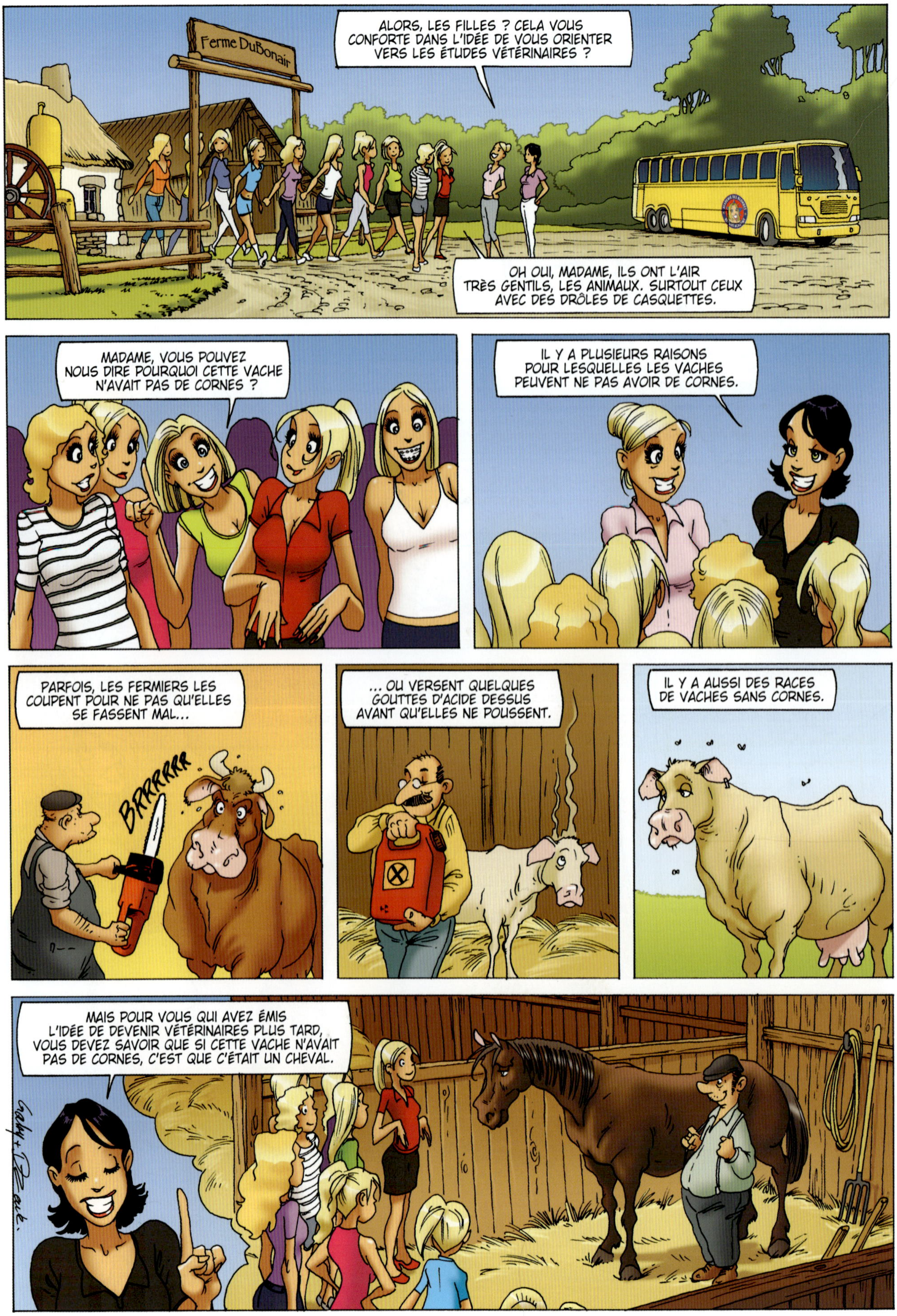
Ferme DuBonair
ALORS, LES FILLES ? CELA VOUS CONFORTE DANS L'IDÉE DE VOUS ORIENTER VERS LES ÉTUDES VÉTÉRINAIRES ?
OH OUI, MADAME, ILS ONT L'AIR TRÈS GENTILS, LES ANIMAUX. SURTOUT CEUX AVEC DES DRÔLES DE CASQUETTES.
MADAME, VOUS POUVEZ NOUS DIRE POURQUOI CETTE VACHE N'AVAIT PAS DE CORNES ?
IL Y A PLUSIEURS RAISONS POUR LESQUELLES LES VACHES PEUVENT NE PAS AVOIR DE CORNES.
PARFOIS, LES FERMIERS LES COUPENT POUR NE PAS QU'ELLES SE FASSENT MAL...
BRRRRRR
... OU VERSENT QUELQUES GOUTTES D'ACIDE DESSUS AVANT QU'ELLES NE POUSSENT.
IL Y A AUSSI DES RACES DE VACHES SANS CORNES.
MAIS POUR VOUS QUI AVEZ ÉMIS L'IDÉE DE DEVENIR VÉTÉRINAIRES PLUS TARD, VOUS DEVEZ SAVOIR QUE SI CETTE VACHE N'AVAIT PAS DE CORNES, C'EST QUE C'ÉTAIT UN CHEVAL.

BISQUE BISQUE RAGE

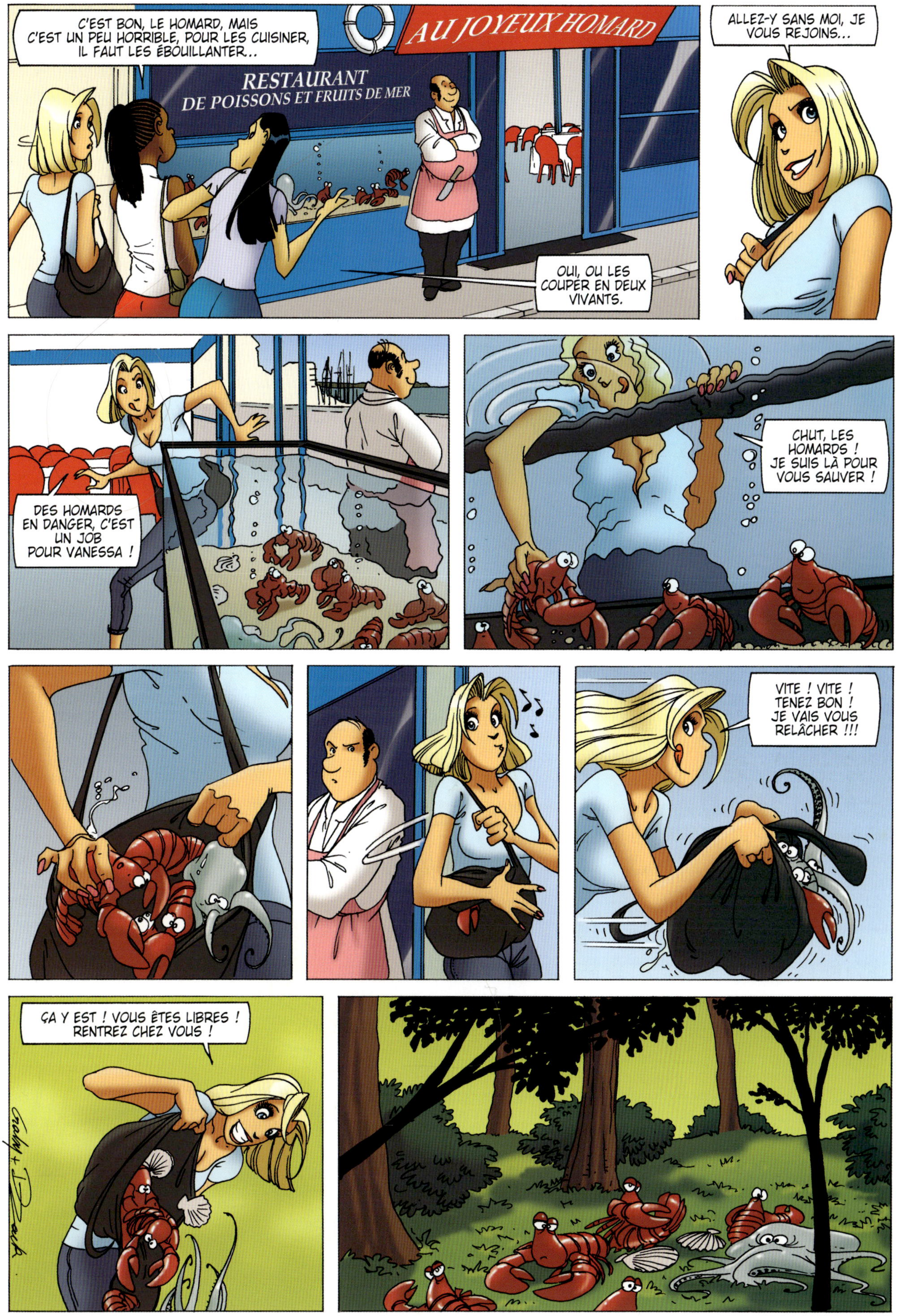
C'EST BON, LE HOMARD, MAIS C'EST UN PEU HORRIBLE, POUR LES CUISINER, IL FAUT LES ÉBOUILLANTER..
AU JOYEUX HOMARD
RESTAURANT DE POISSONS ET FRUITS DE MER
OUI, OU LES COUPER EN DEUX VIVANTS.
ALLEZ-Y SANS MOI, JE VOUS REJOINS...
DES HOMARDS EN DANGER, C'EST UN JOB POUR VANESSA !
CHUT, LES HOMARDS ! JE SUIS LÀ POUR VOUS SAUVER !
VITE ! VITE ! TENEZ BON ! JE VAIS VOUS RELÂCHER !!!
ÇA Y EST ! VOUS ÊTES LIBRES ! RENTREZ CHEZ VOUS !

FLY ME TO THE MOON

AF714 SYDNEY
IL Y A VOYAGE ET VOYAGE
MAGAZINE
VEUILLEZ M'EXCUSER, MAIS C'EST MA PLACE, MADEMOISELLE.
IL Y A VOYAGE ET VOYAGE
JE NE CROIS PAS, JE SUIS ARRIVÉE AVANT VOUS ET CETTE PLACE ÉTAIT LIBRE. ET ELLE EST PRÈS DU HUBLOT ET J'AIME BIEN REGARDER PAR LE HUBLOT.
D'OÙ ON EST, ON VOIT LES GENS COMME DES FOURMIS.
CE SONT SÛREMENT DES FOURMIS, NOUS N'AVONS PAS DÉCOLLÉ.
AH ?
MADEMOISELLE, JE ME PERMETS D'INSISTER, MAIS C'EST MA PLACE.
ET MOI, JE VOUS DIS QUE JE SUIS ARRIVÉE AVANT VOUS, IL N'Y AVAIT PERSONNE, QUI VA À LA CHASSE PERD SA PLACE.
D'ACCORD, COMME VOUS VOULEZ. MAIS C'EST VOUS QUI PILOTEZ.
C'EST VRAI ? CHOUETTE !

MAIS OÙ JE SUIS, LÀ ? MON DIEU !
OUI, VANESSA ?
MAIS...
JE SUIS... JE... SUIS...
OUI, VANESSA, TU ES AU PARADIS...
NOUS T'AVONS OBSERVÉE, TOUT AU LONG DE TA VIE... ET TU AS TOUJOURS ÉTÉ BONNE.
NOUS AVONS DÉCIDÉ DE T'ACCORDER UN SOUHAIT...
N'IMPORTE QUOI ?
OUI, SOUHAITE ET TU SERAS EXAUCÉE.
ALORS... JE VOUDRAIS QU'ON ARRÊTE DE FAIRE DES BLAGUES SUR LES BLONDES... PARCE QUE BON, C'EST TOUT DE MÊME UN PEU EXAGÉRÉ. COMME SI ON ÉTAIT TOUTES COMME ÇA !
QUE TON SOUHAIT SOIT EXAUCÉ ET QUE MA VOLONTÉ SOIT FAITE, VANESSA. PLUS DE BLAGUES DE BLONDES.
VANESSA, UNE FOIS ENCORE, TU ES LA BONTÉ PERSONNIFIÉE. TU PENSES AUX AUTRES AVANT DE PENSER À TOI.
S'IL TE PLAÎT, VANESSA, FAIS UN SOUHAIT, JUSTE POUR TOI.
AH ? EUH...
D'ACCORD, ALORS. IL FAUDRAIT FAIRE QUELQUE CHOSE AVEC LES M&MS.
C'EST TOUT DE MÊME SUPER DIFFICILE À ÉPLUCHER.

TOUTES POUR UNE

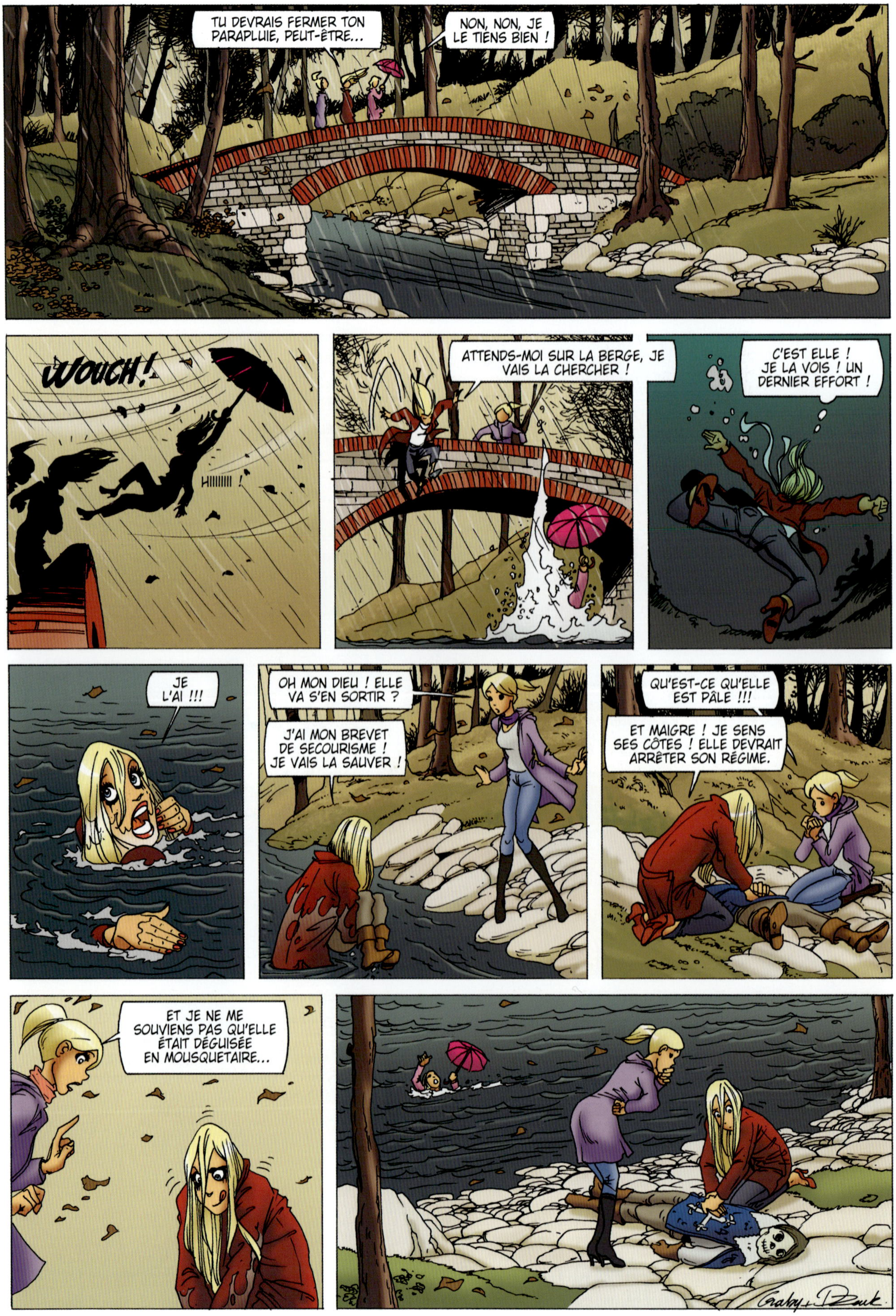

TU DEVRAIS FERMER TON PARAPLUIE, PEUT-ÊTRE...
NON, NON, JE LE TIENS BIEN !
WOUCH !
HIIIIIII !
ATTENDS-MOI SUR LA BERGE, JE VAIS LA CHERCHER !
C'EST ELLE ! JE LA VOIS ! UN DERNIER EFFORT !
JE L'AI !!!
OH MON DIEU ! ELLE VA S'EN SORTIR ?
J'AI MON BREVET DE SECOURISME ! JE VAIS LA SAUVER !
QU'EST-CE QU'ELLE EST PÂLE !!!
ET MAIGRE ! JE SENS SES CÔTES ! ELLE DEVRAIT ARRÊTER SON RÉGIME.
ET JE NE ME SOUVIENS PAS QU'ELLE ÉTAIT DÉGUISÉE EN MOUSQUETAIRE...

FRAIS DE REPRÉSENTATION

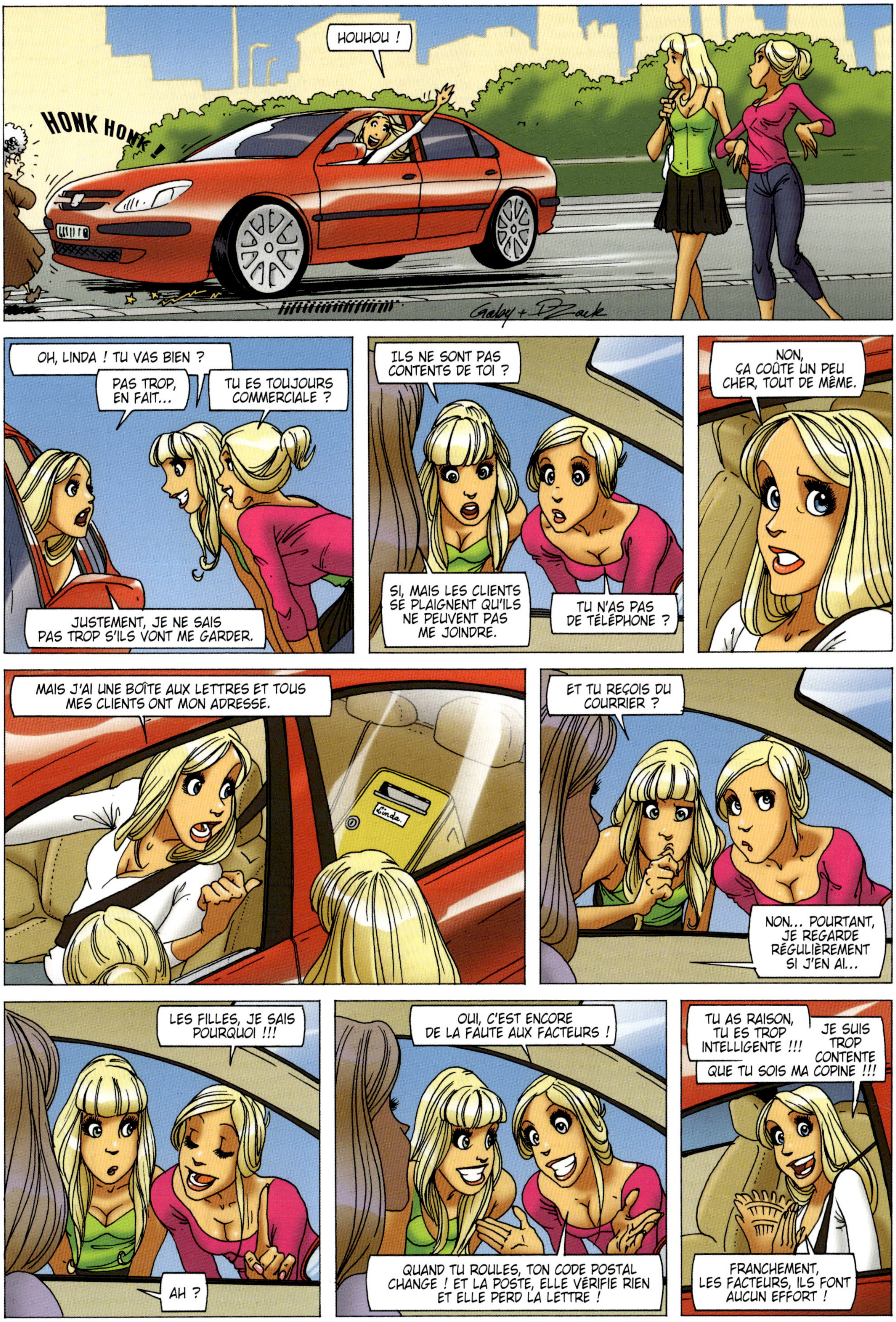
HOUHOU !
HONK HONK !
OH, LINDA ! TU VAS BIEN ?
PAS TROP, EN FAIT...
TU ES TOUJOURS COMMERCIALE ?
JUSTEMENT, JE NE SAIS PAS TROP S'ILS VONT ME GARDER.
ILS NE SONT PAS CONTENTS DE TOI ?
SI, MAIS LES CLIENTS SE PLAIGNENT QU'ILS NE PEUVENT PAS ME JOINDRE.
TU N'AS PAS DE TÉLÉPHONE ?
NON, ÇA COÛTE UN PEU CHER, TOUT DE MÊME.
MAIS J'AI UNE BOÎTE AUX LETTRES ET TOUS MES CLIENTS ONT MON ADRESSE.
Linda
ET TU REÇOIS DU COURRIER ?
NON... POURTANT, JE REGARDE RÉGULIÈREMENT SI J'EN AI...
LES FILLES, JE SAIS POURQUOI !!!
AH ?
OUI, C'EST ENCORE DE LA FAUTE AUX FACTEURS !
QUAND TU ROULES, TON CODE POSTAL CHANGE ! ET LA POSTE, ELLE VÉRIFIE RIEN ET ELLE PERD LA LETTRE !
TU AS RAISON, TU ES TROP INTELLIGENTE !!!
JE SUIS TROP CONTENTE QUE TU SOIS MA COPINE !!!
FRANCHEMENT, LES FACTEURS, ILS FONT AUCUN EFFORT !

STAIRWAY POUR LE PARADIS

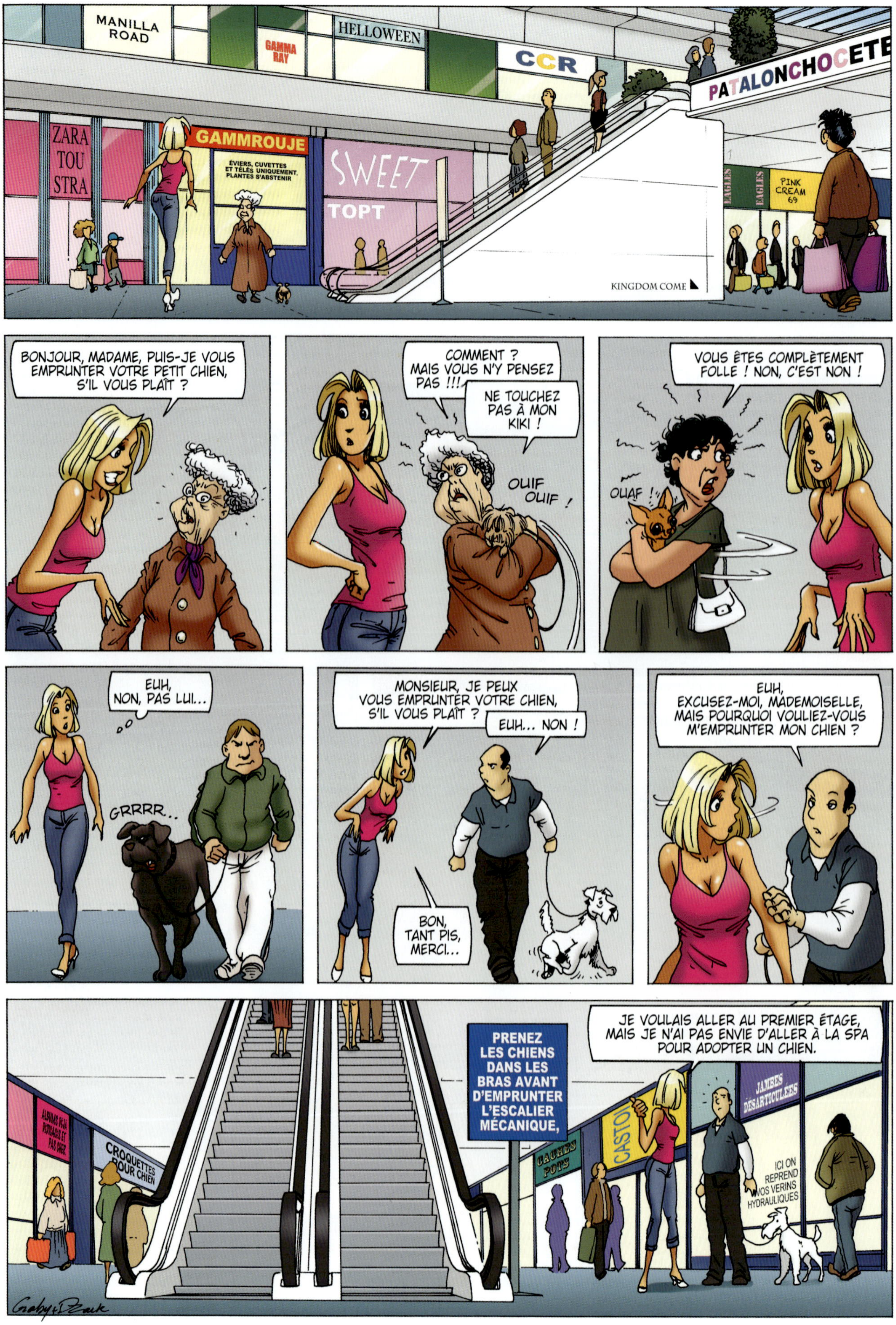

MANILLA ROAD
GAMMA RAY
HELLOWEEN
CCR
PATALONCHOCETE
ZARA TOU STRA
GAMMROUJE
ÉVIERS, CUVETTES ET TÉLÉS UNIQUEMENT, PLANTES S'ABSTENIR
SWEET
TOPT
EAGLES
EAGLES
PINK CREAM 69
KINGDOM COME
BONJOUR, MADAME, PUIS-JE VOUS EMPRUNTER VOTRE PETIT CHIEN, S'IL VOUS PLAÎT ?
COMMENT ? MAIS VOUS N'Y PENSEZ PAS !!!
NE TOUCHEZ PAS À MON KIKI !
OUIF OUIF !
VOUS ÊTES COMPLÈTEMENT FOLLE ! NON, C'EST NON !
OUAF !
EUH, NON, PAS LUI...
GRRRR...
MONSIEUR, JE PEUX VOUS EMPRUNTER VOTRE CHIEN, S'IL VOUS PLAÎT ?
EUH... NON !
BON, TANT PIS, MERCI...
EUH, EXCUSEZ-MOI, MADEMOISELLE, MAIS POURQUOI VOULIEZ-VOUS M'EMPRUNTER MON CHIEN ?
PRENEZ LES CHIENS DANS LES BRAS AVANT D'EMPRUNTER L'ESCALIER MÉCANIQUE,
JE VOULAIS ALLER AU PREMIER ÉTAGE, MAIS JE N'AI PAS ENVIE D'ALLER À LA SPA POUR ADOPTER UN CHIEN.
CROQUETTES POUR CHIEN
CASTOR
CACHES POTS
JAMBES DÉSARTICULÉES
ICI ON REPREND VOS VERINS HYDRAULIQUES

HOLIDAY ON ICE

ENCORE ! MAGNIFIQUE OUAIS !!!! TROP BIEN ! TROP BIEN ! SUPER
BRAVO ! SUPER
SUPER BRAVO ! ENCORE ! BRAVO !
BRAVO ! BRAVO ! BRAVO !
BRAVO ! BRAVO ! BRAVO !
BRAVO !
BRAVO !
5,2
4,8
5,4
6,0
SUPER TROP BIEN ! SUPER
BRAVO !
ET TOUT DE SUITE, FABRICE SUCRETTORO POUR LA FRANCE !
0,2
1,0
0,7
6,0
LÀ, MADEMOISELLE, IL FAUT NOUS EXPLIQUER.
LA PRESTATION DE M. SUCRETTORO ÉTAIT NULLE. POURQUOI METTEZ-VOUS LA NOTE MAXIMALE ?
6,0
VOUS ÊTES DURS TOUT DE MÊME ! ON DIRAIT QUE VOUS OUBLIEZ QUE ÇA GLISSE !
6,0

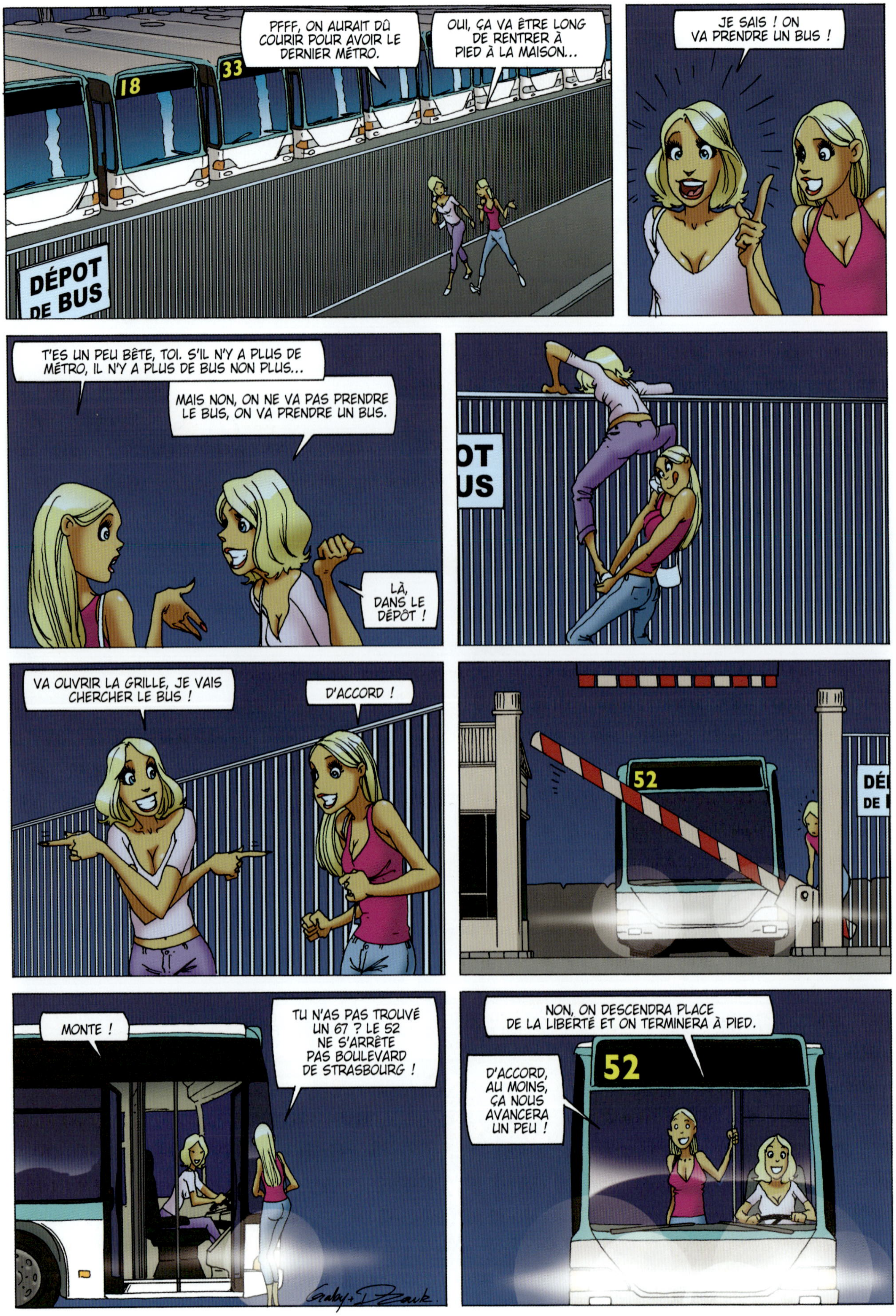
PFFF, ON AURAIT DÛ COURIR POUR AVOIR LE DERNIER MÉTRO.
OUI, ÇA VA ÊTRE LONG DE RENTRER À PIED À LA MAISON...
DÉPOT DE BUS
JE SAIS ! ON VA PRENDRE UN BUS !
T'ES UN PEU BÊTE, TOI. S'IL N'Y A PLUS DE MÉTRO, IL N'Y A PLUS DE BUS NON PLUS...
MAIS NON, ON NE VA PAS PRENDRE LE BUS, ON VA PRENDRE UN BUS.
LÀ, DANS LE DÉPÔT !
VA OUVRIR LA GRILLE, JE VAIS CHERCHER LE BUS !
D'ACCORD !
MONTE !
TU N'AS PAS TROUVÉ UN 67 ? LE 52 NE S'ARRÊTE PAS BOULEVARD DE STRASBOURG !
NON, ON DESCENDRA PLACE DE LA LIBERTÉ ET ON TERMINERA À PIED.
D'ACCORD, AU MOINS, ÇA NOUS AVANCERA UN PEU !

PARTIE DE CHASSE

COIN COIN !
COIN COIN !
MAIS QU'EST-CE QUE TU FAIS ? C'EST DANGEREUX !!!
COIN! COIN!
OH ! IL Y A DE L'ÉCHO ?
BLAM!
BLAM!
FLOP
TU N'AVAIS PAS BESOIN DE TIRER, TU SAIS.
POURQUOI ?
DE LÀ OÙ IL EST TOMBÉ, LA CHUTE AURAIT SUFFI À LE TUER.
LARGEMENT.

DRELIN !
QUI ÇA PEUT BIEN ÊTRE, MON KIKI ?
OUIF !
OUI ? VOUS DÉSIREZ ?
BONJOUR, MADAME, NOUS SOMMES LES TÉMOINS DE L'ÉGLISE DE SAINTE HARNAQUE.
NOUS SOMMES VENUS VOUS PROPOSER LA VIE ÉTERNELLE.
OUIF OUIF !
LA VIE ÉTERNELLE ? C'EST TROP LONG, ÇA NE M'INTÉRESSE PAS. AU REVOIR, MESSIEURS !
NOUS NE VOUS DEMANDONS QU'UN PEU DE VOTRE TEMPS...
OUIF !
ADMETTEZ QU'EN ÉCHANGE DE LA VIE ÉTERNELLE, C'EST BIEN PEU DE CHOSES !
NON MERCI !
OUIF !
PUIS-JE VOUS PROPOSER DE VOUS ABONNER À NOTRE REVUE MENSUELLE ?
NON, MERCI...
REVEILLEZ-MOI
OUIF !
JE PEUX VOUS LAISSER UN NUMÉRO GRATUIT CONTRE UNE PETITE CONTRIBUTION À NOTRE ÉGLISE, SI VOUS PRÉFÉREZ...
ÉCOUTEZ, MERCI, MAIS JE VAIS VOUS DEMANDER DE ME LAISSER.
REVEILLEZ MOI
OUIF !
ET EN PLUS, VOUS ÉNERVEZ MON KIKI.
ÇA NE M'INTÉRESSE PAS, JE VOUS DIS !
ALLEZ-VOUS-EN ET RETIREZ VOTRE PIED DE MA PORTE !!!
MON PIED N'EST PAS DANS VOTRE PORTE, MADAME...
OUIF !
... MAIS VOUS VOUDREZ PEUT-ÊTRE RETIRER VOTRE CHIEN.
KIKI ?
OUIF !

LABOURE, TOUJOURS LABOURE

OH BEN, PÈRE JEAN !
BOUDIOU, MA PETITE ! QU'EST-CE QUI T'AMÈNE ?
JE ME SUIS TOUJOURS DEMANDÉE COMMENT VOUS FAISIEZ POUR LABOURER BIEN DROIT !
AH ?
BOUDIOU, C'EST SIMPLE ! IL SUFFIT DE VISER UN OBJET DANS LE CHAMP D'EN FACE ET DE SE DIRIGER VERS LUI !
TU VEUX ESSAYER ?
JE TE LAISSE FAIRE, JE VAIS ME REPOSER UN PEU.
D'ACCORD, PÈRE JEAN !
QUELQUES BOUDIOUS PLUS TARD...
BOUDIOU ! MA DOUÉ BÉNIGUET ! MAIS QU'EST-CE QUE TU AS FAIT ?
J'AI FAIT EXACTEMENT CE QUE VOUS M'AVEZ DIT, PÈRE JEAN...
... J'AI VISÉ CE CHIEN QUI JOUAIT DE L'AUTRE CÔTÉ DU CHAMP...
OUAF ! OUAF !
Gaby + Dzack

LES SENTIERS DE LA GLOIRE

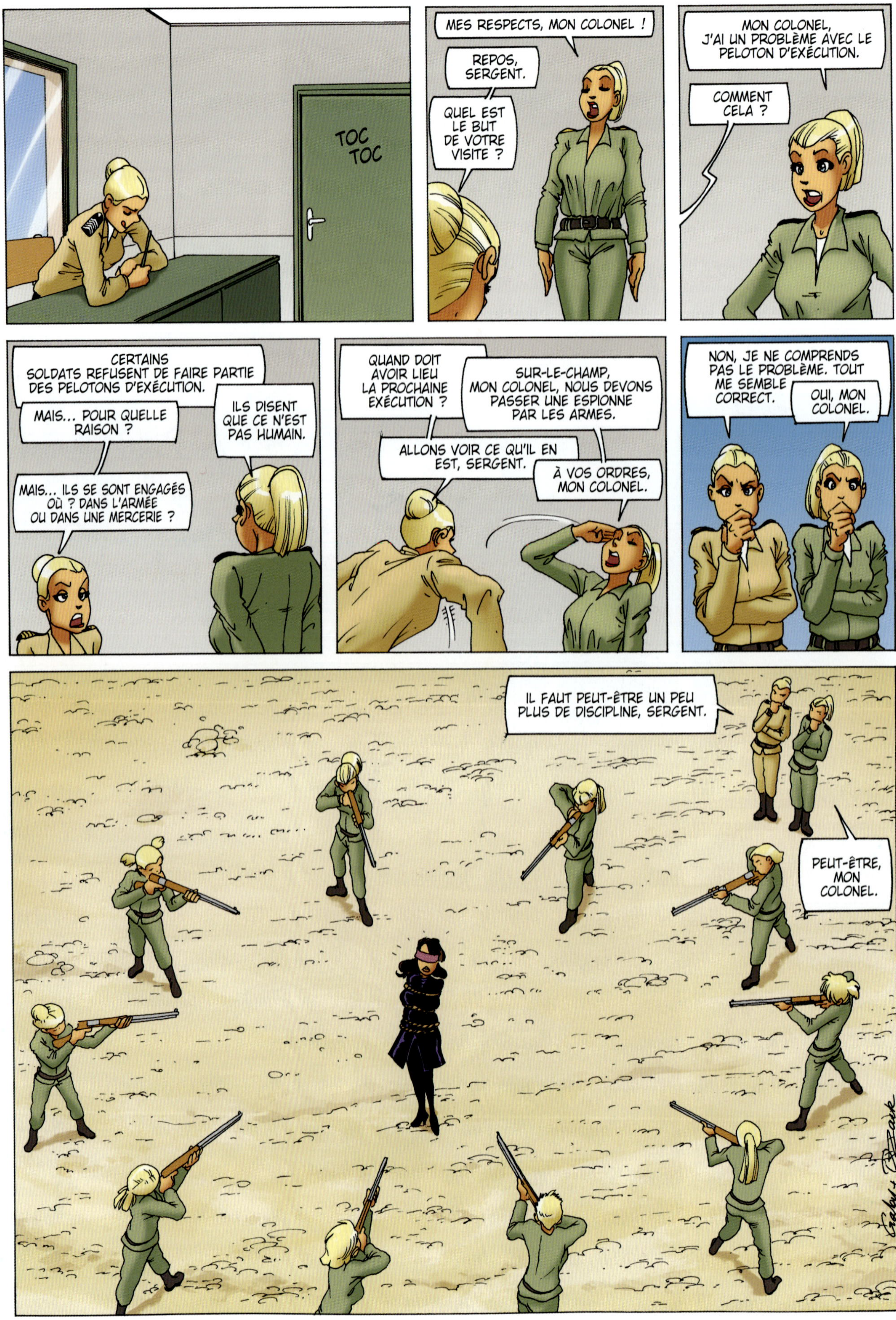
TOC TOC
MES RESPECTS, MON COLONEL !
REPOS, SERGENT.
QUEL EST LE BUT DE VOTRE VISITE ?
MON COLONEL, J'AI UN PROBLÈME AVEC LE PELOTON D'EXÉCUTION.
COMMENT CELA ?
CERTAINS SOLDATS REFUSENT DE FAIRE PARTIE DES PELOTONS D'EXÉCUTION.
MAIS... POUR QUELLE RAISON ?
ILS DISENT QUE CE N'EST PAS HUMAIN.
MAIS... ILS SE SONT ENGAGÉS OÙ ? DANS L'ARMÉE OU DANS UNE MERCERIE ?
QUAND DOIT AVOIR LIEU LA PROCHAINE EXÉCUTION ?
SUR-LE-CHAMP, MON COLONEL, NOUS DEVONS PASSER UNE ESPIONNE PAR LES ARMES.
ALLONS VOIR CE QU'IL EN EST, SERGENT.
À VOS ORDRES, MON COLONEL.
NON, JE NE COMPRENDS PAS LE PROBLÈME. TOUT ME SEMBLE CORRECT.
OUI, MON COLONEL.
IL FAUT PEUT-ÊTRE UN PEU PLUS DE DISCIPLINE, SERGENT.
PEUT-ÊTRE, MON COLONEL.

Soleil
15, Boulevard de Strasbourg
83000 Toulon - France

Soleil Paris
25, rue Titon - 75011 Paris - France

Préparation couleurs : Luc Perdriset
Réalisation graphique : Studio Soleil

Dépôt légal : Avril 2012 - ISBN : 978-2-302-02299-7
Première édition

Impression : PPO Graphic - Palaiseau - France